金子ゆき子 訳

# ボージャングルを待ちながら

オリヴィエ・ブルドー

集英社

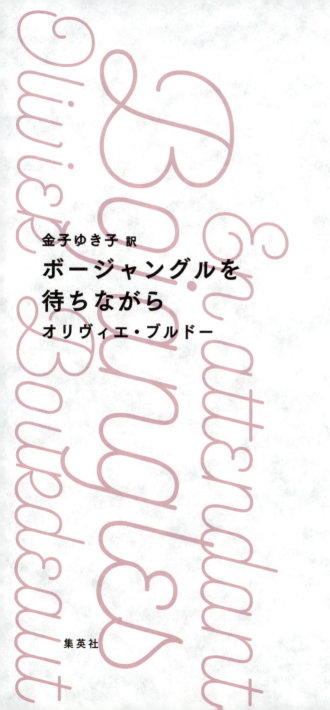

# ボージャングルを待ちながら

両親へ
辛抱強く、愛情深く育ててくれた二人の、
思いやりに満ちた日々のあかしとして

〈決して頭がおかしくならないやつらがいる……
彼らの人生はひどく退屈にちがいない〉
チャールズ・ブコウスキー

これはぼくに起こった本当の話だけれど、
表向きのうそと裏向きのうそが混じっている。
なぜなら人生はたいてい、そういうものだから。

# 1

ぼくが生まれる前、パパは銛《もり》でハエをとるのを仕事にしていたそうだ。パパは使っていた銛と、つぶれたハエを見せてくれた。

「とても難しい仕事だったし、稼ぎも良くなくて、わりにあわないから辞めたんだ」かつての仕事道具をうるし塗りの箱にしまいながら、パパは言った。「今は車検場をいくつも持っているから、たくさん働かなくちゃならないが、稼ぎはとてもいいぞ」

小学校に入ってすぐの自己紹介の時間に、ぼくは少しばかり自慢するつもりでパパの以前の仕事について話したところ、優しくたしなめられ、さんざんからかわれた。

「ほんとの話ってわりにあわない。とくに、うそみたいに面白い場合は」とぼくはがっかりした。

実際には、パパは法律のおかげで収入を得ていた。

「私たちは法律に食べさせてもらっているんだ！」パイプにたばこをつめながら、パパはそう言って笑ったものだ。

しかし、パパは判事でも代議士でも公証人でも弁護士でもなく、その手のどれでもなかった。法律にたずさわっていたのは友人の元老院議員で、パパは彼のおかげで仕事につけた。つまり、新しく作られる法律について事前に教えてもらい、その元老院議員が一から作りあげた新しい職業に飛びついたというわけだ。新しい規制あるところ、新しい職業あり。こうしてパパは〈車検場のオーナー〉になった。自動車の安全対策の一環として、すべての車に定期的な検査が義務付けられたのだ。アンティークカーでもリムジンでも実用車でもおんぼろ車でも、どんな車だろうと、事故をふせぐために検査を受けなくてはいけなくなった。金持ちにも貧乏人にも、すべての人たちにこの法律が適用された。こうして車検が義務化されると、パパは当然のように、車検代をそれはそれは高く設定した。車の引き取り代と納車代、検査代と再検査代もふっかけた。あれだけ大笑いしていたということは、よほどいい商売だったのだろう。

「私は人命を守っている！　人命救助だぞ！」パパは銀行口座の明細書を見つめながら、ふざけて言ったものだ。

当時、人命を守ることはいい商売になった。パパは車検場をつぎつぎと何軒も開いたあとで、それをみんな競争相手に売りわたした。パパがせっせと人命救助することに反対だったママにとって、これは胸をなでおろす展開だった。というのも、パパが人命のためにあまりに長時間働くので、ぼくらはたまにしかパパの顔を見られなかったのだ。

「遅くまで残業しているのは、早く仕事を辞めるためだ」とパパはママに言っていたが、ぼくにはその言葉の意味がわからなかった。

ぼくはパパのことをめったに理解できなかった。年月とともに少しずつ理解しつつあるけれど、完全にではない。でも、それはそれでいいのだ。


ぼくには生まれつきだと言っていた、下唇の右にある、かすかなふくらみと灰色がかったくぼみ。これのせいでパパが笑うとちょっとゆがんだすてきな笑みになったが、その原因はいつもくわえているパイプだと、ぼくは早くから見抜いていた。真ん中分けされて両脇に軽いウエーブがある髪型は、玄関に飾られた絵の中のプロイセンの騎士とおなじだった。パパとこのプロイセン人のほかに、そんな髪型にしている人をぼくは見たことがない。パパは彫りが浅い顔立ちと、ちょっと出っ張った青い目のせいで、好奇心いっぱいの目つきに見えた。深みがあり、くるくるとよく動く目だった。当時のパパはいつ見ても幸せそうで、たしかに、よくこう言っていた。

「私は幸せな愚か者だ！」

そう聞くと、ママは相づちを打った。

「ほんとにそう、ジョルジュ。ほんとに！」

パパはしょっちゅう歌を口ずさんでいたものの、下手だった。口笛を吹くこともあり、これまた下手だったけれど、心から楽しんでやっているためにどうにか聞けるしろものになっていた。素晴らしい物語を聞かせてくれることもあり、めったにないことだけれど家にお客がいないときには、ぼくを寝かしつけるため、ひょろりとしたのっぽの体を折り曲げて、ベッドで添い寝してくれた。そうして目をくるくる回し、森、小鹿、いたずらな妖精、棺《ひつぎ》などの話をして、パパはぼくの眠気をすっかり追いはらった。たいていの場合、ぼくは楽しくなってベッドから飛び起きるか、恐怖のあまりカーテンのかげに隠れて動けなくなった。

「この話を聞くと、立ったまま眠れるようになるんだぞ」寝室から出ていくときに、パパはそう言ったものだ（「立ったまま眠れる話」は荒唐無稽な話を意味する慣用句）。

こんな言葉でも、パパが言えば信じられた。日曜の午後になると、パパは一週間の不摂生を帳消しにするために、筋力トレーニングにはげんだ。てっぺんにリボン形の凝った装飾がある金ぴかの額縁つきの大きな鏡に向かい、上半身はだかでパイプをくわえ、ジャズを聴きながらとても小さなバーベルを持ちあげた。この時間が〈ジム・トニック〉と呼ばれていたのは、パパがときどき手を止めてはジン・トニックをがぶ飲みするからだった。それからママにこう言ったものだ。

「きみもスポーツをやってみるべきだよ、マルグリット、いや本当に。楽しいし、やったあとの気分が実に良くなる！」

するとママは舌先を軽く嚙み、片目をつぶって、マティーニに入っているオリーヴを紙製の小さなパラソルでなんとかすくい上げようとしながら答えた。

「あなたはオレンジジュースを試してみるべきね、ジョルジュ、飲んだあとにはスポーツがはるかにつまらなく思えるから！　それにお願いだから、マルグリットと呼ぶのはやめて。ちがう名前にして。まるで牝牛の名前じゃない！」

理由はわからないけれど、パパはママのことを二日とつづけておなじ名前で呼ばなかった。ほかより早く飽きられる名前もあったものの、それでもママはこの習慣をとても気に入っていて、ぼくは毎朝、ママがキッチンできらきらしたまなざしをパパからはずすことなく、両手でカフェオレボウルをかかえるか、頬杖をつくかしながら、名前のお告げを待っている姿を見かけた。

「いやよ、そんなのにしないで！　ルネなんて今日はだめ！　今夜は夕食時にお客様がいらっしゃるんだから！」とママは噴き出しながら言い、それから鏡に顔を向けると、にっこりしながら新しいルネに、あるいはしかつめらしい顔で新しいジョゼフィーヌに、頬をふくらませながら新しいマリルーにあいさつした。

「それに、ルネらしい服なんて一枚も持ってないわ！」

一年に一日だけ、ママはある決まった名前になった。二月十五日にかならずジョルジェットになったのだ。別にそれが本名だからではなく、聖バレンタインデーの翌日であるその日が聖ジョルジェットの日だからだ。ぼくの両親は、いやいや義務を果たしているカップルだらけのレストランで食事することを、ロマンチックと感じるタイプではなかった。それで毎年二人はがらんとしたレストランで聖ジョルジェットの日を祝い、手厚いサービスでもてなされることに決めていた。どのみち、パパはロマンチックなお祝いをするなら女性の聖人の名がついている日にかぎると考えていた。

「一番いいテーブルをジョルジェットとジョルジュという名で予約できますか？　念のためにききますが、あのぞっとするハート形のデザートはもう残っていないでしょうね？　ない？　よかった！」こう言って、パパは高級レストランの席を予約した。

二人にとって、聖ジョルジェットの日は、浮《うわ》ついた恋を祝うバレンタインデーとは大ちがいだった。

車検場売却のあと、パパはぼくらを養うために働きに出る必要がなくなったので、本を書きはじめた。休むことなく大量に書きなぐった。立派な机に紙を置いてひたすら書き、笑いながら書いたり、自分で書いたものを読んで笑ったりした。パイプにたばこをつめ、灰皿をいっぱいにし、部屋を煙で、紙をインクの字でいっぱいにした。からになるものといえば、コーヒーカップとお酒の瓶ぐらい。しかし編集者からの返事はいつもおなじだった。〈うまく書けていて面白いですが、つかみどころがありません〉こうして断られるパパをなぐさめようと、ママは言った。

「つかめる取っ手がある本なんて見たことある？　ありえない！」

これでぼくたちはいつも大笑いしたものだ。

ママは夜空の星とは友だちみたいな付き合いをしているのだと、パパから聞いたことがあった。ママはどんな相手にも、ぼくに対してさえも丁寧な接し方をする人だったので、この話をぼくは信じられなかった。ママはアネハヅルにも礼儀正しく接していた。この優美で見事な鳥は、ぼくたちのアパルトマンにすんでいて、長くて黒い首をくねらせながら、白いふわふわした飾り羽と鮮やかな赤色の目を見せびらかすように歩いていた。両親が以前、ぼくの知らない旅先のどこかから連れ帰ってきたのだ。この鳥が〈マドモアゼル・ツケタシ〉と呼ばれていたのは、なんの役にも立たず、わけもなくとても大きな声で鳴いたり、フローリングの床に小さな円錐《えんすい》形のフンをいくつも残したり、夜にオレンジ色とオリーヴ色のくちばしで寝室のドアをコツコツとたたいてぼくを起こしたりするぐらいしか能がなかったからだ。マドモアゼルはパパの〈立ったまま眠れる話〉を地で行き、翼の下に頭をつっこんで立ったまま眠った。幼いころのぼくはよくまねしようとしたけれど、どうやってもむりだった。マドモアゼルはママがソファに寝そべって何時間読書していようとも、そのあいだずっと頭をなでてもらいたがった。賢い鳥の例にもれず、マドモアゼルも読書好きだったのだ。ある日、ママがマドモアゼル・ツケタシを繁華街へ買い物に連れていくと言い出した。そのために真珠のついた美しい引き綱を作ったというのに、マドモアゼルは通行人を怖がり、通行人のほうも、普段以上に鳴きわめくマドモアゼルを怖がった。ダックスフンドを連れた老婦人は、鳥に引き綱をつけて道を連れ歩くなんて非人道的だし、危険だとさえ言ってきた。

「毛が生えていようが、羽毛が生えていようが、どれほどのちがいがあるんでしょう！　マドモアゼルは決して噛みつきませんし、あなたの毛の生えたパイもどきよりもずっと上品です！　おいで、マドモアゼル。うちに帰りましょう。ここの方たちは本当に粗野で、下品ね！」

ママはひどく感情をたかぶらせてアパルトマンに戻ってきた。こういう状態になったときのママは決まってパパのところに行き、なにもかもつぶさに話すのだ。このときも、いつものように話しおえてようやく元気を取り戻した。ママはすぐに興奮するたちだったけれど、長く引きずることは決してなく、パパの声を鎮静剤代わりにしていた。普段のママはどんなことにも夢中になり、世の中の進歩にいちいちはしゃいで陽気にとび跳ねながらついていくような人だった。ぼくのことは大人でも子供でもなく、小説の登場人物のようにあつかった。心から大好きな小説、いつでも一瞬で没入できる小説だ。心配事や悲しいことは耳に入れたがらなかった。

「現実がありきたりだったり、悲しかったりしたときは、面白い作り話を聞かせて。あなたはうそをつくのが上手だから、禁止するなんてもったいないわ」

そういうわけで、ぼくが頭の中でこしらえたその日の出来事を話すと、ママはくすくす笑いながら熱狂的な拍手をしてくれた。

「なんて一日だったの、私の坊や！　本当に良かったわね。とても楽しい一日だったでしょ！」

そう言うと、ママはぼくにたくさんキスをしてくれた。「ついばむ」という表現をママは使ったけれど、ぼくはママについばまれるのが大好きだった。毎朝、その日の名前を授けられたあとに、ママは香水をつけたばかりのビロードの手袋を片方だけぼくに渡してくれた。その日一日、ママの手がぼくを導けますようにという意味だった。

〈ふっくらした美しい頬、そそっかしそうな緑の目。彼女の顔立ちには子供っぽいふるまいの影響が色濃い。真珠に似て多彩な光沢を帯びた髪留めは、ライオンのような髪を手なずけるために使われたはずなのにあまり成功しておらず、遅刻した学生のような茶目っ気のある生意気さを彼女にまとわせてしまっている。しかし細く白い紙巻き煙草を奇跡的にぶら下げた厚く真っ赤な唇と、世間を値踏みしているような長い睫毛《まつげ》が、見る者に彼女が大人であることを知らせている。いささか奇抜で極めて上品な服装は少なくとも全体としてはなかなかのもので、探るようにじっくり眺めなければ、彼女が人生経験を積んできたこと、それなりの年齢であることまではわからない〉

こんなふうにパパは秘密の手帳に書きつけていたが、ぼくがこれを読むのは後日、ずっとあとのことになる。パパの文章はとりとめがないかもしれないが、「つかみどころ」がひとつぐらいはあると思う。


両親はひっきりなしに、ところかまわず踊った。夜には友人たちと、朝と昼下がりには二人だけで。ときにはぼくも一緒に踊った。両親の踊り方はまったく常識はずれで、ゆく手にあるものすべてをなぎ倒した。パパはたかだかとママを放りあげて、片足旋回を一回、ときには二回、三回としてから、床ぎりぎりのところで受けとめた。足もとでママを大きく揺り動かし、風見鶏みたいに自分の左右にふりまわして、うっかり手が離れてしまったときには、ママはソーサーにふせたコーヒーカップみたいにドレスをふわりと広げて、お尻で着地した。踊る前には毎回、とんでもない量のカクテル、紙製の小さなパラソルとオリーヴとスプーン、瓶入りの飲み物が各種ずらりと準備された。応接間のたんすの上、イヴニングドレス姿でプールに飛びこむママが写った巨大な白黒写真の前には、年代物の美しいレコードプレーヤーが置いてあって、いつも決まってニーナ・シモンのおなじレコード盤のおなじ歌〈ミスター・ボージャングル〉がかけられた。このプレーヤーで回される資格があるレコード盤はこれ一枚きりで、ほかのレコードはもっと現代的でちょっと冴えないステレオセットに追いやられていた。この曲はほんとに並外れていて、悲しいけれど同時に陽気でもあって、ママを実際にそういう心持ちにさせた。長い曲なのにいつもあっという間に終わってしまうので、そのたびにママは手を強く打ち鳴らして、「ボージャングルをもう一度！」と叫んだ。

そういうとき、ぼくはプレーヤーのアーム部分をすばやくつかんで、ダイヤモンド針をもう一度レコード盤の端に置かなくてはいけなかった。あれほどの音楽を再生できるのは、ダイヤモンドをおいてほかになかったのだ。

できるだけ大勢のお客を招くために、ぼくらのアパルトマンはとても大きかった。玄関ホールの床には大きな白と黒の石が敷きつめられていて、巨大なチェッカーボードになっていた。パパが白と黒のクッションを四十個買ってきたので、ぼくたちは水曜日の午後になると、プロイセンの騎士が無言の審判としてこちらを見下ろす前で、チェッカーの大がかりな試合をした。ときにはマドモアゼル・ツケタシが試合に乱入してきて、頭で白いクッションを押したり、くちばしを白いクッションに突き刺したりした。それが決まって白いクッションなのはきらいだからなのか好きすぎるからなのか、ぼくたちにはわからなかった。わかるわけがない。マドモアゼルにだってみんなとおなじように秘密があったのだ。玄関ホールの片隅には、届いた封書をすべて未開封のまま放り出してできた山があった。それはもう巨大な山だから、ぼくが飛びこんでも怪我しないほどで、この愉快でやわらかな山はわが家の家具のひとつになっていた。パパはときどき、ぼくにこう言った。

「いい子にしないと、郵便物を全部開けさせて、仕分けさせるぞ！」

でも、パパは一度だってそんなことをさせなかった。いじわるな父親ではなかったのだ。

居間はとても奇抜だった。両親がゆったりとお酒を飲めるように、血のように真っ赤な安楽椅子が二つ、内部に色とりどりの砂をおさめたガラスのテーブルもあった。巨大な青いキルティングソファの上ではとび跳ねてもいいことになっていた。ぼくにそんな遊びを教えてくれたのはママだ。ママはしょっちゅうぼくと一緒にとび跳ねた。とても高く跳ねるものだから、ママの手は豪華なシャンデリアの水晶のボールにまで届いた。その姿を見て、パパのあの言葉は正しいんだとわかった。その気になれば、ママは本当に星たちと友だち付き合いできるのだ。

ソファの向かいには世界各国の首都の名前のステッカーがびっしり貼られた古い旅行用トランクがあり、その上に、カビが生え、まともに映らなくなっている小型テレビが置いてあった。どのチャンネルに回しても、灰色か白色か黒色の蟻《あり》の群れしか映らなかった。ひどい番組を流している罰として、パパはロバの耳をかたどった帽子をテレビにかぶらせていた。そして、ときには、ぼくにこう言った。

「いい子にしないと、テレビをつけるぞ！」

あんなテレビを観させられるなんて、ぼくにとってはぞっとする話だった。でも、パパはめったにそんなことをさせなかった。ほんと、いじわるな父親ではなかったのだ。ママは食器棚の見た目が気に入らないと言って、ツタを這《は》わせて美しくしてしまった。すると、食器棚は巨大な植物のかたまりになって、床に葉は落とすし、水やりも欠かせなくなった。家具としても、植物としても変てこだった。食堂には食器類がかぞえ切れないくらいあった。巨大なテーブルも、たくさんの来客用の椅子もあって、もちろん、ぼくら家族用の物もごくわずかだけれどあった。ストップウォッチの数字を信じるなら、ぼくたちは寝室へとつながる長い廊下で、短距離走の世界記録を何度もやぶったことになる。パパがいつも勝ち、マドモアゼル・ツケタシは負けてばかり。だって、マドモアゼルは勝負事が苦手で、そもそも拍手されるとおびえるたちだったのだ。ぼくの寝室には小さいベッド、中ぐらいのベッド、大きいベッドがあったのだけれど、それはいい思い出があるからと歴代のベッドをぼくが取っておくことにしたからだ。こうしておけば、たとえパパに、おまえの贅沢《ぜいたく》は物置じみてるなと言われるにしても、今夜はどれにしようかという贅沢な悩みを抱ける。壁に貼ってあるのは安っぽい衣装を着た歌手クロード・フランソワのポスターで、壊れたピアノみたいに歌うからという理由でパパがコンパスを使ってダーツの的《まと》に改造したものだった。パパの話だと、ありがたいことに、フランス電力公社がすべてにけりをつけてくれたのだそうだ（クロード・フランソワは浴室で感電死した）。ぼくにはどういうことだかまるっきり意味がわからなかった。言わなくてもわかるだろうけど、ときどき、パパのことは理解しにくかったのだ。キッチンの床にはいろんな植木鉢がずらりと並んで菜園になっていたものの、ママが水やりを忘れてばかりなので、結局は枯れ草だらけになっていた。それでいて、いったん水やりをするとなったら、ママはかならずやりすぎた。植木鉢はざるみたいに水を通し、キッチンは何時間もすべりやすいスケートリンクになった。いらない水を土が出しきるまで、このとんでもない騒動はつづいた。マドモアゼル・ツケタシはキッチンが水浸しになると大喜びだった。かつての生活を思い出すからでしょうね、とママは言った。たしかにそういうときのマドモアゼルは、いかにも満足げな鳥らしく翼を揺り動かし、首をふくらませた。天井からつり下げられている鍋やフライパンの真ん中には、見た目はおぞましいけど食べると絶品の乾燥豚足がぶら下がっていた。ぼくが学校に行っているあいだにママはたくさんのごちそうを作り、なじみの仕出し屋に預け、必要となったら持ってきてもらうことになっていて、これで客たちをいつも驚かせていた。家の冷蔵庫は客の人数を考えたら小さすぎで、結局いつもからっぽ。ママは何時だろうと気にせず、お客をたくさん招いて食事をふるまった。友人たち、近所の住民の何人か（少なくとも、騒音を出すことを気にしない人たち）、パパの元同僚、建物の管理人とその夫、郵便配達員（ちょうどいい時間に配達に来たとき）、はるばるマグレブ諸国から来てぼくらの真下にお店を開いている食料品店主。あるときなんて、ぼろをまとったホームレスの老人までやって来て、ひどい悪臭を放ちながらも満足そうにすごしていった。ママは時計を見ない人で、おやつの時間に学校から帰宅したぼくに羊のもも肉のローストを出すこともあったし、また別のときには、夕食が始まるのを真夜中まで待たなくてはならないこともあった。そんなとき、ぼくたちは踊ったり、オリーヴをほおばったりして辛抱強く待った。踊りすぎて食事の時間がなくなることもあり、そうなると夜更けにママは涙を流しはじめ、どれだけ申し訳なく思っているかをぼくに伝えて、びしょ濡れの顔でカクテルの香りをぷんぷんさせながら、ぼくをぎゅっと抱いてついばんだ。ママはいつもこんなふうで、ぼくにはそれがとても心地よかった。客たちは繰り返し大笑いをするので、ときには笑いすぎて疲れてしまい、ぼくの寝室のあいているベッドのどちらかで寝ることもあった。そういう客は翌朝、寝坊にあまり寛大じゃないマドモアゼル・ツケタシの鳴き声でたたき起こされた。お客がいるとき、ぼくはかならず一番大きいベッドで眠ることにしていた。そうすれば朝起きたときに、ベビーベッドでお客がアコーディオンみたいに体を折り曲げて眠っている姿を見られたから。ぼくはいつもお腹《なか》をかかえて大笑いした。

週に三晩もぼくらの家に来る客がひとりいた。フランス中央部にある選挙区を離れて議会に来ていた、例の元老院議員だ。パパはこの友のことを愛情こめて、〈クズ《オルデュール》〉と呼んでいた。二人が出会ったいきさつについては、カクテルグラスをあけるたびに話がころころと変わるので、ぼくにはわからなかったけれど、とにかく一緒にいる二人はすごく楽しそうだった。クズは四角い髪型をしていた。女の子みたいなボブスタイルではなく、短く突っ立った髪の上のほうが直角になってるやつだ。直線的なヘアスタイルというのともちがって、丸い赤ら顔の上にほんとに角張った髪がのっかっていて、顔のほうは見事な口ひげで二等分されていた。大エビの尾の形をしたおかしな耳には細いスチールフレームの眼鏡をかけていた。耳の形が大エビの尾そっくりなのはラグビーのせいだと、クズは説明してくれた。ぼくにはどういうことだかよくわからなかったけれど、とにかく〈ジム・トニック〉のほうがラグビーよりも安全なスポーツらしいと思った。少なくとも耳にとってはまちがいない。耳は色も形もつぶれた軟骨部分もエビにそっくりで、お気の毒と言うほかなかった。笑うときのクズはひきつったように体をふるわせ、そうやって始終笑っているから肩がたえまなく振動していた。しゃべるときは大声で、古いトランジスタラジオみたいにざあざあと雑音混じりだった。いつもかならず大きな太巻き葉巻をたずさえているくせに、絶対に火をつけなかった。うちに来るときにはそれを手に握っているか、口にくわえているかで、帰りぎわに葉巻入れにさっとしまうのだった。玄関に一歩足を踏み入れたとたん、クズはかならず叫びはじめた。

「カイピロスカ！　カイピロスカ！」

ぼくは、クズが叫んでいるのは恋人のロシア人の名前だ、と長く思いこんでいた。その女性はこんなふうに呼んでも決して来てくれないから、それできっと、パパは友をなぐさめるためにミントの葉入りのきんきんに冷えたカクテルをさし出し、なんとかそれでクズも気を取り直しているのだと思っていた（カイピロスカはカクテルの名前）。ママはクズのことが大好きだった。愉快な男だし、むやみやたらにほめてくれるし、ぼくたちに一財産築かせてくれた。ぼくだっておなじ理由で、それ以上でもそれ以下でもなくクズのことが大好きだった。夜の盛大なダンスパーティーのあいだ、クズはママの友人の女性全員とキスしようとしたものだ。あいつはどんな小さなチャンスにも食らいつく、とパパは言っていた。ときどきうまくいくと、クズはチャンスに食らいつくために寝室に飛びこんでいくこともあった。数分後に出てきた彼が幸せそうな顔をいつにもまして真っ赤にして、ロシア人の恋人の名前を叫ぶのは、自分でもなにかしっくりいかないものを感じたからにちがいない。

「カイピロスカ！　カイピロスカ！」とクズはうれしそうに叫びながら、エビの耳に眼鏡をかけなおした。

昼間のクズはリュクサンブール宮殿という、パリにあるくせに、ぼくにはよくわからない理由で外国の国名がつけられてしまった宮殿で働いていた。遅くまで働いてくると言って出かけるのに、いつもかならずあっという間に戻ってきた。おかしな暮らしぶりだった。壁の崩壊以前のほうがいろいろとはっきり見えていたから、仕事もはるかに面白かったんだがな、と仕事帰りのクズは言ったものだ。

たぶん彼の仕事場では、壁を崩してはその壁材で窓をふさぐという作業があるんだ、とぼくは推測した。早くに帰宅するということは、いくらクズだからってそんな作業は労働契約に含まれていないのだろう。彼のことをパパはこう評していた。

「クズは私の最高の友だ。彼との友情の素晴らしさについては、再考の余地もない！」

この言葉の意味は、ぼくにも完璧に理解できた。


パパは車検場を売ったお金で、スペイン南部の田舎にある、こぢんまりした美しい城を買った。そこまでたどりつくには車にちょっと乗り、飛行機にちょっと乗り、それからまた車にちょっと乗るので、結局のところは忍耐力がたっぷり必要だった。城は山あいにあり、午後にはひとっ子ひとりいないのに夜には人がわいて出てくる純白の村の少し上に位置していた。城から見えるのは松の木の森がほとんど。右のほうにかろうじて見えるのは、段々畑にびっしりと立つオリーヴとオレンジとアーモンドの木で、それは壮大なダムにせき止められている乳青色の湖までずっと、ちょうどいい具合につづいていた。パパはこのダムを造ったのは自分で、自分がいなければ湖の水はなくなっていただろう、とぼくに話した。でも、このパパの言葉はちょっと信じられなかった。だって、家にはダム造りに使えそうな道具なんてひとつもなかったから。ぼくは心の中で、作り話は大きくしすぎたら信じてもらえないんだよ、とつぶやいた。城からさほど遠くないところに海があり、そこは浜辺も大きな建物もレストランも交通渋滞の車の中もとにかく人でいっぱいという、驚きの光景が広がっていた。ママは、都会を脱出してわざわざ別の都会に行くバカンス客たちの気持ちが知れないわ、と言っていた。ママによれば、そもそも太めであぶらぎっていながら日焼けオイルを塗る人たちのせいで浜辺は汚染されているらしく、おかげで海は騒がしくて、悪臭がすごいということだった。しかし、そんな喧噪《けんそう》もぼくたちにとってはどこ吹く風で、ビーチタオル三枚でぎゅうぎゅうになるこぢんまりした湖畔は日焼けするには申し分なかった。城のてっぺんはふんわりとジャスミンが生えた大きな草屋根になっていて、あたり一帯をとてもいい香りで包んでいた。見晴らしはほんとに最高だった。眺めがいいとのどがかわくらしくて、両親はフルーツを浸したワインをよく飲んだ。昼となく夜となく、踊りながらたくさんのフルーツを食べては飲み、飲んでは食べた。もちろんミスター・ボージャングルはぼくたちと一緒に旅をし、マドモアゼル・ツケタシのほうはあとから合流した。彼女には特別なルールが適用されるので、空港まで出迎えに行かなくてはならなかったのだ。穴の開いた箱につめられて、その穴から首を出したマドモアゼルはもちろんやたらと鳴いていたけれど、このときばかりは鳴くのも道理だった。両親は友人たちをもれなく、フルーツを食べて踊って湖畔で日焼けする生活へと招いた。その全員がこの地を楽園だと心から思い、そう思わない理由なんてひとつも思いつけなかった。ぼくは望めばすぐに、両親が決めてくれたらなおさらすぐに、この楽園に行けたのだ。

ママはミスター・ボージャングルの話をよく聞かせてくれた。彼の人生は彼の音楽に似て、美しくて、踊りみたいで、もの悲しかった。だからこそ、両親はミスター・ボージャングルでのスローダンスが大好きだった。いろいろな感情が含まれている曲だから。ミスター・ボージャングルはニューオーリンズで暮らしていた。昔の話だけれど、当時からすでに新しい《ニュー》ところがまるでない街だった。最初のうち彼は犬を連れて古びた衣類をかかえ、新大陸の南部を旅していた。やがて犬が死に、すべてがそれまでとはがらりと変わってしまった。だから彼は酒場にいつもぼろを着て踊りに行くようになった。ミスター・ボージャングルはひたすら踊り、ほんとに四六時中、ぼくの両親とおなじように踊った。踊れば、酒場の客たちがビールをおごってくれたので、彼はぶかぶかのズボンで踊り、とても高く跳びあがってふわりと着地した。犬をよみがえらせるために踊っていたのだとママはぼくに教えてくれた。この情報はたしかなすじから聞いた話だそうだ。そしてママ自身は、ミスター・ボージャングルをよみがえらせるために踊っていた。そのために四六時中踊っていた。彼をよみがえらせるため、ただそのためだけに。

# 2

「私のことはどうぞ好きな名前で呼んで！　でもお願いだから楽しませて、笑わせて。ここって嫌になるほど退屈な人ばかりだから！」彼女は立食用テーブルに置かれたシャンパングラスを二つ素早くつかみながら、きっぱりと言った。「ここに来たのは、私の保険を見つけるため！」彼女はそう宣言してから、最初の一杯を一息に飲みほした。その目はかすかに常軌を逸した色を帯びながら、私の目をのぞきこんでいた。

彼女が持っているもう一杯はてっきり私のためと思い手を伸ばしたところ、彼女は二杯目もぐいと飲みほし、自分のあごをなでながらこちらをじろじろ眺めると、陽気な生意気さを漂わせながら言い切った。

「この陰気なパーティーで、あなたは間違いなく一番素敵な保険契約ね！」

理性が私に逃げろと警告してくれたらよかったのに。彼女から逃げろと。そもそも私は彼女と出会うべきではなかった。

取引銀行が私の十軒目の車検場の開設を祝って、コートダジュールの高級ホテルでおこなわれる〈成功の週末〉という奇妙な名前の二日間の馬鹿騒ぎに招待してくれた。将来有望な若き経営者向けセミナーの一種だった。名称が馬鹿げているだけでなく、陰気な会合や、知識とデータのせいで顔がしわくちゃになった生白い学者先生たちによる各種シンポジウムまであった。私は子供のときからの癖で、暇つぶしに身の上話を適当にでっちあげて、参加者とその妻たちに聞かせた。たとえば、前夜の夕食のときにダイニングの入り口で、私は自分のことをハンガリー王国の王子の末裔《まつえい》だと自己紹介し、先祖はドラキュラ伯爵と付き合いがあったという話をした。

「世間で言われているのとは逆で、彼はたぐいまれな気品と繊細さを備えた人物でした！　あの厄災はねたみを抱いた下層階級や極貧の者たちによる、徹底的かつ大々的な誹謗中傷《ひぼうちゅうしょう》の結果です。そう証明できる文書が私の自宅にあります」

こういうときは必ず、疑い深そうな眼差しは無視し、同席者の中でも一番信じやすそうな人たちに集中しなければならない。いったん一番素直な眼差しを引きつけたら、作り話を補強してくれる発言をその人から引き出すために、丹念に作り込んだ詳細をとうとうと語って聞かせる。その夜の標的はボルドーのブドウ栽培者の妻で、彼女はうなずきながら断言した。

「そうだろうと思ってました。事実にしては、あまりに粗野で凶悪だもの！　あれは作り話だったのね！」

彼女の夫が話を引きつぎ、残りの同席者をみんな巻き込んでくれたので、その後はこの話題が中心になった。めいめいが自分の見解やこれまで抱いてきた疑念を口にし、互いに相手を納得させながら私の嘘を中心に筋書きを組み立ててゆき、食事が終わる頃には、串刺し公ドラキュラ伯爵の話を一瞬でも信じていた時期があったなどとは（実際には事実なのだが）誰も認めなくなっていた。翌日の昼、前夜の成功に味を占めた私は、新たなモルモットたちを相手に犯行を重ねた。この日の私はデトロイトに自動車組み立て工場をいくつか保有している裕福なアメリカ人実業家の息子で、少年期を工場のけたたましい作業音の中ですごしたことにした。おまけに、重い病気のせいで七歳になるまで口をきかなかったという設定にして、話をさらに面白くした。嘘に嘘を重ねて聞き手の情に訴えれば、心を支配するのは造作もないことだ。

「ところで、あなたが口にした最初の言葉はなんでしたの?」手つかずの冷めた舌平目のフィレを前にして、隣席の女性が訊《き》いてきた。

「タイヤです!」私は真剣な調子で答えた。

「タイヤ?」同じテーブルにいた人々が声を揃《そろ》えておうむ返しをした。

「ええ、タイヤが最初の言葉でした」私は再度言った。「信じられない話でしょう?」

「まあ、だからあなたは車検場を開いたのね。これですべて説明がつく。運命というのはまったく不思議だわ!」隣席の女性がうまく話をつなぎ合わせたちょうどそのとき、彼女の皿は到着時と変わらぬ姿で厨房へ戻っていった。

残りの昼食時間は、人生の奇跡について、各自の運命について、命が受け継がれていくことの大切さについての話になった。一瞬の風のようにあやふやな話で皆の関心を一時的に集めるという、異常で身勝手な快楽を、私はアーモンド風味のコニャックとともに味わっていた。

このご立派な集まりから、そろそろ退散するつもりだった。参加者全員が集まるプールの周りで、私の突飛な話同士が突き合わされて、衝突してしまう前に。ちょうどそのとき、羽根飾り付きの帽子をかぶり、ふんわりした白いドレスを着た若い女が、手袋をはめた指の先で火の点《つ》いていない細長い煙草を挟みながら、肘を上げて手の甲を傾け、目をつぶって踊りはじめた。彼女がもう一方の手を激しく動かして白いリネンのショールをもてあそび、生き生きとしたダンスパートナーに変えているあいだも、私は彼女の体のうねりに、帽子の羽根を揺り動かす頭のリズミカルな動きに、静かに揺れる奇妙な前髪に、魅了されたままだった。リズムに合わせて白鳥の優美さと猛禽《もうきん》類の激しさを交互に繰り返す姿に、私は口をぽかんと開けて見とれ、その場に固まっていた。

この躍動感あるダンスは、銀行側が参加者たちを楽しませるために金を払って演じさせたものだろうと私は思った。うんざりするほど平凡なカクテルパーティーを華やかにし、非常に世話が焼ける人々を最大限楽しませるために仕組んだのだろうと。一九二〇年代の娼婦と、幻覚サボテンの儀式で人々のあいだを跳ねてまわるネイティブアメリカンのシャイアン族、この二つが混じり合い、煽情《せんじょう》的なポーズを取っては男たちの顔を喜びで紅潮させ、同じ理由で女たちの心をかき乱すのを、私はじっと見ていた。彼女はうむを言わさず既婚男性の腕をひっつかんではコマのように回転させて、嫉妬でいらだつ妻のもとへ送り返し、哀しき生活に復帰させていた。正確にどれほどの時間そこにいたのか自分でもわからない。あずまやの下でパイプを吸いながら、制服の給仕たちが踊るようにして私の近くに置いていくカクテルを毎度ひっつかんだ。彼女がそばにやって来て、臆病でおそらく生気のない私の目を見つめたときには、私はすでに相当酔っ払っていた。彼女の淡緑色の目が見開かれると、私の独創性はすべて呑みこまれ、私の口からは悲劇的なまでにありきたりな言葉がたどたどしく出てきた。

「お名前はなんとおっしゃいます……？」

「うちの暖炉の上に、プロイセン人の素敵な騎士の絵をかけているの。その騎士はなんと、あなたと同じ髪型よ！　世界中の人々と会ってきたけど、第二次世界大戦以降そんな髪型にしている人がいないことは確かね。プロイセンが消滅してから、あなたはどこで髪を切ってもらっているの？」

「この髪はまったく伸びません。一ミリたりともです！　正直な話、私はこのひどい髪型で数世紀前に生まれて……子供にしては大人びた髪型でしたが、成長するにつれて髪型が次第に年齢と釣り合うようになってきました。流行の周期がうまいこと合って、死ぬときにまた、はやりの髪型になっているといいんですが！」

「私は真面目に言ってるの！　あなたは私が子供の頃から恋い焦がれてきたあの騎士の完璧なコピー。これまでに何千回とあの方と私は結婚したのよ。ほら、結婚当日は人生で一番美しい日って言うでしょ。だから私たちは毎日結婚することに決めたの。そうすれば、私たちの人生は永遠の楽園になる」

「そう言われると確かに、騎兵隊にいた頃の遠征のことをかすかに覚えています……勝利で終わった戦いの後に、肖像画を描いてもらったことも。その後、私があなたの家の暖炉の上に飾られ、何千回とあなたと結婚したとは、実に光栄です」

「からかって面白がってるんでしょうけど、本当なの！　あなたにも簡単に察しがつく理由で結婚はまだ完全なものじゃなくて、私は処女よ。暖炉を前にして裸で踊るのも悪くはないんだけど、私のかわいそうな騎士は血気盛んな軍人よろしく立っているだけで、動き出してくれない！」

「そんなはずないでしょう。あなたの踊りは軍隊を丸ごと一つ決起させられるほどのもの！　あなたの兵士たちは宦官《かんがん》のように従順なのです。踊りといえば、あなたのその踊りや動きはいったいどこで身につけられたんですか?」

「厄介なことを訊くのね。ここでもう一度、驚くべき告白をしなきゃ。実は、私の父はジョセフィン・ベーカーの隠し子なの!」

「なんということだ! 信じられないかもしれませんが、私はジョセフィン・ベーカーと非常に親しくて、戦時中にはパリの同じホテルに滞在していたんです」

「それじゃあ、まさか、あなたとジョセフィンは、その……つまり……私が言いたいこと、わかる?」

「ええ。爆撃の夜、彼女は私の部屋に避難してきました。美しい夏の夜でした。恐怖と暑さのせいで、そして互いがそばにいるせいで、私たちは気持ちを抑え切れなかった」

「なんてこと! それじゃあ、あなたはきっと私のおじいさん! カクテルをたくさん飲んで、お祝いしましょう!」彼女はそう言うと、手を叩いて給仕を呼んだ。


その日の午後、私たちは一歩も動かず、同じ場所に立ちつづけた。本気で笑ってくれて、偽りの素性を互いに信じ合える相手を得た私たちは、ナンセンスぶりと断定的な屁理屈で張り合った。彼女の背後で太陽がうつろい、日暮れに向かってゆっくりだが間違いようのない動きをつづけて、一瞬だけ彼女の王冠になるのが見えた。それから、太陽は岩山の向こうに逃げ込んで、隠れた天体として惜しみない輝きだけを与えてくれるようになった。自分のためだと思ったシャンパンを受け取ろうと数度も無駄に手を伸ばしたすえに、私はシャンパンをもらうのをあきらめた。彼女は癖で二杯同時に取っているだけなのだ。私は自分でスコッチを二杯注文した。猛烈なピッチでお酒を飲みながら、その勢いに任せて、彼女は質問をたてつづけに私に浴びせはじめた。彼女は言葉の端々に疑問文を付け足して、自分が聞きたいことを単刀直入に伝えてきた。

「私と出会えてすごく嬉しいって、そう感じてる？」

あるいは、

「私ならきっと素晴らしい妻になれるって、そう思わない？」

それからこうも言った。

「自分にはこの女性と付き合えるだけの財力があるだろうかって考えているのはお見通しだけど、ちがう？　でも、どうか悩まないで。あなたのために入場券は値下げしてあげる。今夜の零時までバーゲン中だから、この機会にぜひ！」彼女は上半身を激しく動かして胸を揺らしながら、市場での売り口上のようにまくしたてた。

こうして私はあの特別な瞬間にたどり着いていた。まだ道を選べるあの瞬間に、感情の行く先を決められるあの瞬間に。目下、私がいるのはソリ競技のコースのてっぺんだが、いつでも階段を降りて立ち去り、彼女から遠くへ逃げられる。嘘の緊急連絡でもでっちあげればいい。あるいは、運ばれるがままになることもできる。コースに足を踏み入れ、もう何も決められない、もう止めようがないという感覚、思ってもいなかった軌道に運命を任せるという、あの甘美な感覚に浸りながら滑っていき、最終的には金色の心地よい底なし沼に呑みこまれてしまうこともできる。彼女が普通の精神状態ではないこと、緑色のうつろな目が誰も知らない不完全さを隠していること、少しふっくらした子供っぽい頬がかつての傷ついた子供時代を覆い隠していること、一見したところ愉快で生き生きとしたこの若い美女がつらく苦しい人生を歩んできたにちがいないこと、こういったことに私は気づいていた。だから彼女は苦しい過去を忘れるため、ただそれだけのために一心不乱に踊っているのだろう。私は愚かにも思いこんでいた。仕事で社会的な成功をおさめてそこそこの金持ちになり、男としてもそれなりに魅力があるから、自分は普通の女性と結婚し、毎晩夕食の前にアペリティフを飲み、真夜中には寝るようなまっとうな生活を送ることなど、いともたやすくできるだろうと。私も少しはおかしな人間だが、これほどおかしな女に心から夢中になれるはずがない。私たちのようなカップルにできることはぎこちなく歩き、誰も選びそうもない方向へ手探りで進んでいくことだけ。私は、怖じ気づいていたのだ。波瀾万丈の将来を前にして、彼女がコマーシャル映像のように情熱的に体を揺すりながら安売りしている終わりのないめまぐるしさを前にして、私は怖がっていた。すると、彼女はジャズのメロディーに乗せて薄手のショールを私の首に回しかけ、荒々しく一気に体を引き寄せたので、私たちは頰を寄せ合うことになった。私はこのとき、自分がまだ問いつづけている問題はもうすでに決断されていたと気づいた。私はこの黒髪の美女に向けて滑っている。すでにコースの中にいる。警告の声も警笛の音もなく、自分でも気づかぬうちに私は霧の中に突進していた。

「ちょっとお化粧室に行ってくるわ。カクテルでお腹がいっぱい。待ってて。一歩も動いちゃだめよ！」彼女は真珠の長いネックレスをせわしげにいじりながら言った。切迫した事情のせいで膝ががたがたと震えていた。

「動きませんよ！　こんなに素晴らしい場所に立ったのは生まれて初めてです」と請け合ってから、私はもう一度給仕にお酒をふんだんに持ってきてもらおうと人差し指を立てた。

急ぎながらも元気のいい足取りでトイレへ向かう彼女の姿を見つめているうち、テーブルで隣だった女性がいつの間にか目の前に立っていた。激怒して、酔っ払って、われを忘れているようで、しきりに体を揺すり、脅すように私に指を向けた。

「それじゃあ、あなたはドラキュラとお知り合いなわけね？」彼女が大声でそう言うと、周囲の参加者たちが集まってきた。

「そういうわけではありません！」私は完全に不意をつかれて答えた。

「病気の実業家でもあり、王子でもある！　ハンガリー出身でもあり、アメリカ出身でもある！　どうかしてるわ！　どうして私たちに嘘をついたのよ？」彼女がわめいているあいだ、私は遠ざかろうとして後ずさりをしていた。

「こいつは病気なんだ！」人だかりの中の男が叫んだ。

「そんな経歴があり得るわけないでしょう！」自分の嘘の袋小路で、私は早口になって言った。

それから、自分が追い詰められたことに気づいた私は笑い出した。腹の底からの、解放された笑いだった。

「まあ、本当に頭がおかしいわ。まだ私たちを馬鹿にしようっていうのよ！」と女性は正しく言い当てながら、こちらに詰め寄ってきた。

「作り話を無理やり信じこませたわけじゃありません。あなたたちがみずから望んで信じたんです！　私が勝負を仕掛けて、あなたたちが負けたということでしょう！」私はそう答えながら後ずさり、プールに危険なほど近づいていた。いかにも間が抜けた様子で、どちらの手にもウイスキーのグラスを持って。

プールの縁を踏みそうになったそのとき、相手の婦人がいきなりふわりと動き、地面を離れて飛びたち、それからまっしぐらに塩素入りの水の中へ大きな音をたてて突入した。

「お願いですから、謝罪の言葉は期待しないでください。やむにやまれぬ気持ちでしたの！　この人は私のおじいさんで、ジョセフィン・ベーカーの愛人で、プロイセンの騎士でもあり、私の未来の夫。彼が同時にその全部だっていうこと、私は信じます！」

カクテルとダンスに溺れている間に、私は羽根付き帽子の女に夢中になり、狂乱の日々へと導かれていたのだ。

# 3

予想していたとおり、小学校に入ったからってなにがあるわけでもなかった。ほんと、まるっきり、ぼくにとってはどうということのない学校生活だった。家での出来事を話しても先生と同級生たちは信じてくれないので、ぼくはうそをついて話を反対にひっくり返すようになった。そのほうがみんなのためになるし、なによりぼくのためになる。学校では、ぼくのママはいつもおなじ名前で、マドモアゼル・ツケタシなんていなくて、クズは元老院議員じゃないし、ミスター・ボージャングルはほかとおなじように再生されるレコードの一枚でしかなくて、ぼくは普通の時間に普通の人みたいな食事をとっていることになった。学校ではこのほうがよかった。ぼくは家では正真正銘のうそをつき、学校では裏にひっくり返したうそをついた。ぼくにとっては面倒でも、ほかの人たちにとってはわかりやすい。ぼくはうそをひっくり返すだけじゃなくて、文字も裏返しにしていた。担任の女の先生には、「鏡みたいに文字を書く」と言われたけど、いくらぼくでも鏡が文字を書けないことぐらいわかる。そんなうそを先生もときどきついたもののの、先生にはそうするだけの道理があった。だれだって平穏な生活のためなら、まぎれもない真実よりも、小さなうそを選ぶものだ。ママはぼくの鏡文字が大好きで、学校からぼくが帰ってくると、ママの頭に浮かんだとりとめないことから、ママの手によるエッセーや買い物リスト、感傷的な詩まで、あらゆることを書いてほしがった。

「素晴らしいわ。毎日、その日の私の名前を鏡文字で書いて！」ママはうっとりした目をしてそう言ったものだ。

そして、ママはぼくが字を書いた小さな紙を宝石箱にしまうと、そうする理由を説明してくれた。

「こういう文字は財宝みたいなもの。金銀とおなじだけの価値があるの！」

正しい向きの字が書けるようにするため、担任の先生はぼくをある婦人のもとへ通わせた。その人はひっくり返っている文字を魔法みたいに助け起こし、道具も使わずに修正し、正しい向きに置きなおすことができた。そういうわけで、ママにとっては不幸なことに、ぼくの鏡文字はほとんど治ってしまった。「ほとんど」になった原因はぼくが左利きだからで、担任の先生としてはもう手の打ちようがなかった。あなたは運が悪いとか、もうしょうがないのよとか、あなたが生まれる前の時代には子供たちの左腕をしばったものだけどその治療法はもうすたれたからとか言われた。ほんと、先生はときどき、ぼくが笑ってしまうようなうそを言った。先生の髪は明るいベージュ色に染められていて、まるで頭に砂嵐をのせているみたいで、ぼくはすごくきれいだと思っていた。先生の服のそでは一部がぷっくりとふくらんでいて、ぼくは最初、こぶだと思っていたのだけど、天気の悪いある日のこと、風邪をひいている先生がそでからふくらみを取り出して、それではなをかむのを見て、心底ぞっとさせられた。ママはこの砂嵐頭とまるで気が合わなかった。もちろん鏡文字の一件がからんでいるものの、それだけではなくて、ぼくの両親が家族での楽園行きを告げると先生が絶対にいい顔をしなかったからだ。先生はみんながバカンスに行く時期まで待ってほしがった。それでなくても鏡文字の問題があってぼくの勉強がひどく遅れているから、しょっちゅうバカンスに出かけていたら完全に置いてけぼりをくらうだろうという話だった。するとすると、ママはこう言い返した。

「あちらではアーモンドの花が満開です。いくらなんでも、息子に満開のアーモンドの花を見せないわけにはいかないでしょう？　あの子の美的センスのバランスが崩れてしまいます！」

先生はアーモンドの木も花もきらいみたいで、ぼくの美的センスのバランスなんてどうでもよかったようだけど、それでもぼくたちはバカンスに出かけた。こうなると決まって先生はかんかんに怒り、面倒なことになり、ときにはぼくが戻ってきてもまだそのままのこともあった。そんなふうだったから、なおさらぼくはバカンスに行けるのがうれしかった。

先生と仲直りするにはどうしたらいいのかわからず、おかしな文字のこと、満開のアーモンドの花のこと、しょっちゅう楽園に出かけることをうたために、ある日、ぼくは先生の役に立つことをしようと決めた。授業中、教室内ではいろんなことが起きているのに、先生はこちらに背を向けて黒板を見ているばかりだから、背中に目がない先生のためにぼくが背中の目になってあげようと思ったのだ。ぼくはなんでもかんでも、いつでもだれのことでも告げ口をした。紙つぶてを投げた子のことや授業中のむだ話、カンニング、工作ののりで遊んでたとか変な顔をしてたとか、そのほかいろんなことをだ。最初のときのみんなの動揺ときたらすごかった！　こんなことが起きるとはだれひとり思っていなかったから、みんなはびっくりして言葉を失い、先生は紙つぶてを投げた子を放課後に残すことにしただけで、ぼくへの感謝の言葉を言い忘れるほどだった。そのあと、ぼくの告げ口のたびに先生はずいぶんといらついて、荒れくるう砂みたいな髪に何度も手をやり、見るからに困っている様子がつづき、そしてある日のこと、ぼくを呼び出した。先生は開口一番、大声で、三十九だったらあなたはなにをしたかしらねと言った（「一九三九年のドイツ占領下だったら対独協力をしていたのでは？」という皮肉）。それで、ぼくは自分の靴を見下ろしながら答えた。その質問はおかしいです、ぼくの靴のサイズは三十三だし、もしも三十九なんかはいていたら、ぼくがいるべきなのはもっと上の学年か、大人向けの学校ってことになります、と。先生はいらついているから靴屋の店員みたいなことをきくんだろう、髪だけじゃなくて頭の中も嵐になってるんだなとぼくは思った。そのあとで先生は、私のためになにかしようとするのをやめなさい、そもそもあれでは役に立っていないからと言った。背中に目なんていりません、そう決めましたし、そのほうがまちがいなく正しいんです。そう言った直後、先生は例のかたまりをそでの中からひっぱり出してはなをかんだので、ぼくは先生に、それっていつもおんなじハンカチなんですかとたずねた。答えの代わりに、先生は鼻汁のついたハンカチをすごく強く握りしめて、もう帰りなさいとぼくに叫んだ。廊下に出ながらぼくは、鼻汁以外には先生から出てくるものはなにもないや、と言ってやった。背中の目になった話をママにしたところ、ママはこれをぼくの作り話だと考えて歓声をあげた。「そんな捨て台詞《ぜりふ》を言うなんて、なんて強い心！　完璧なまでに完璧な子！　あなたのおかげで世界は回っているのね！」

表向きのうそをついたり裏向きのうそをついたりしていても、ときどき、ぼくは心底どうすべきかわからなくなることがあった。

鏡文字のことにひと区切りがつくと、今度は、掛け時計の読み方に取り組まなくてはならなかった。当時のぼくにとってそれはひどい災難だった。ぼくが読めるのは暗闇で数字が光るパパのデジタル腕時計だけで、昼も夜も光らないアナログ時計は読めない。きっと光らないのが悪いんだとぼくは思っていた。時計がうまく読めないだけでも大変なのに、みんなの前で時計がうまく読めないのだからさらに大変。ぼくは何週間もずっと、時計が印刷されている化学薬品くさい大量のプリントに取り組んだ。こうしているあいだにもほかの子たちはあなたを引き離していいるわよ、と先生は言った。

「このまま時計が読めないようなら、あなたは確実にどんな列車にも乗り遅れます！」ぼくの背後で、ほかの子たちを笑わせるために先生はそう言ったものだ。

先生はママをまた呼びつけると、靴のサイズの話は持ち出さず、ぼくの列車問題について話し合った。すると、ぼくのママもアナログ時計がうまく読めないものだから、いらだって言い返した。

「息子は父親の腕時計であればもう読めます。それで充分でしょう！　トラクターが発明されたあとに、農耕馬で畑を耕すことを習おうっていう人なんていいます？　いるはずないわ！」

この常識ある発言も、先生からすると脱線していたらしい。先生はママにわめきだした。あなたたちは頭のおかしな家族だとか、こんな家族はいまだかつて見たことがないとか、今後はこのまま、教室のすみにこの子を放置して、なんにもしてやらないとか。

〈ちょうど正午、ほんの数秒前にベルの音がした。プリントの時計にはまだ答えが書かれていなかったが、息子の目は驚きながら、窓の向こうへ向けられていた。息子はほっとして、別の生き方という小さな列車が、機関車からの煙でかすむ中

庭をあとにし、全速力ですぎさっていくのを眺めていた〉

両親はぼくに学校をやめさせたあと、おまえに早めの引退生活をプレゼントしてあげたんだ、としょっちゅう口にした。

「きっと世界一若いご隠居さんだ！」とパパは言い、ときどき大人がする子供っぽい笑い方をした。少なくともぼくの両親はそんなふうに笑うことがあった。

両親はぼくをいつもそばに置いておけることがすごくうれしかったみたいで、ぼくのほうも勉強で置いてけぼりになることや、かならず列車に乗り遅れると言われたことを心配しなくてよくなった。ぼくはなんの未練もなく学校を去り、ぐちゃぐちゃの髪型をしてつくりものの腫瘍をその下に隠している担任とさようならした。両親はぼくに勉強を教えるためのアイデアをありあまるほど持っていた。算数だったら、両親はぼくをブレスレットやネックレスや指輪でごてごてと着飾らせてからその数を足し算させ、そのあとで今度はトランクス一枚になるまで引き算をさせた。両親はこれを〈セクシー数字ショー〉と名付け、ぼくらは腹がよじれるほど笑った。現実にありそうな状況で問題を出してやろう、とパパはよく言った。そして、浴槽を水で満たしてからワインボトルとその半分の容量のドゥミボトルで水を減らしていき、この方法にまつわる問題をたくさん出してくれた。答えをまちがえるたびに、パパはボトルでぼくの頭に水をかけた。この算数の授業はたいてい盛大な水遊びになった。両親は動詞の活用を教えるための歌を何曲も作り、人称代名詞のひとつひとつにふりつけもしてくれた。ぼくはレッスンに熱心に取り組み、動詞の複合過去形のダンスがお気に入りになった。夜になると、ぼくは両親が昼間にこしらえて書きとめておいてくれた物語を朗読したり、文豪が過去に書いたお話を短くまとめたりした。

早めの引退生活の良いところは、ほかの人たちのことを気にせずにスペインに出発できることで、トイレに行きたいというぐらいの感覚でそんな気持ちになるときもあったけど、それでもバカンスのほうがちょっとばかし準備に時間がかかった。朝、パパが言った。

「アンリエッタ、荷造りをしよう。今夜は湖のほとりでアペリティフを飲みたい気分だ！」

両親がスーツケースの中にたくさんの物を投げこみはじめ、四方八方から物が飛び交った。パパは叫んだ。

「ポリーヌ、ぼくのサンダルはどこ？」

すると、ママは答えた。

「ゴミ箱の中よ、ジョルジュ！　あそこにある分にはすてきだから！」

それから、ママは大きな声で言った。

「ジョルジュ、いたずら心はかならず持っていってね。いつも絶対に必要になるんだから！」

パパは答えた。

「大丈夫だよ、オルタンス。スペアはつねに身につけているからね！」

荷造りのコツは毎度忘れていたけれど、荷造りを始めたとたんにお腹がよじれるほど笑い転げることは決して忘れなかった。


向こうではなにもかも様子がまるでちがい、山さえもぼくらのお腹みたいによじれていた。頂上には冬の積雪が万年雪として残り、ふもとでは乾いた土と岩場が秋の赤茶色と栗色を見せて、段々畑の色とりどりの果樹は春を思わせ、谷間の湖のそばには夏の暑さと香りがかすかに残っていた。パパが言うには、こういった山ならぼくでも一年を一日のうちに体験できるのだそうだ。気の向くままに行き来すると決めていたけど、アーモンドの花が満開のときによく行き、オレンジの花が落ちきったときによく帰った。そのあいだの時期にぼくらは湖をぐるぐると回り、バスタオルの上でオイルなしの日光浴をして、盛大なバーベキューパーティーを開き、アペリティフを飲むお客たちをもてなした。朝になると、ぼくはカクテルグラスに残っているフルーツでサラダボウルに山盛りのフルーツサラダを作った。お客たちは、ほんとにここはいつ来てもお祭り騒ぎだねと感心し、パパは人生ってのはこれでいいのさと答えていた。

議会の長い夏休みのあいだ、クズはぼくらの城によく来た。元老院議員っていうのは子供みたいなものだから、お休みがたっぷり必要なのだそうだ。バカンス中だということが一目でわかるように、クズは立派な麦わら帽子をかぶり、上半身はだかで一日中すごしていた。丸々としてびっしりと毛が生えた巨大なお腹のおかげもあって、それは圧巻の姿だった。滞在中はずっとバルコニーに座ったきりで眺めを楽しみ、食事をし、フルーツ入りのカクテルを飲んだ。夜が来ると恋人の名前を呼び、その声は谷じゅうに響きわたった。「カイピロスカアアアアアアア！」皿やフォークを腹にのせて食事ができるようになったら、俺の人生は成功まちがいなしだ、と言っていた。そうやって四六時中飲み食いして、クズは人生を成功させる方法を日夜追求していたのだ。滞在のはじめのうち、天気が良ければクズは普段よりずっと赤くなった。パパは「理解の範疇《はんちゅう》を超えている」と難しいことを言っていたけど、きっとそれは色見本帳でも見つからないぐらい、とても強い赤色という意味なのだと思う。議会の長い夏休みがつづくうちに元老院議員はすっかり栗色になった。ぼくは眠っている彼のお腹から汗がにじむのを見るのが大好きだった。毛のあいだに細い流れがかならずできて、それがおへその中に流れこむのだ。クズが滞在中は、ぼくらは大きな「よだれかけ」をつけなくてはいけなかった。ぼくのために特別に彼が考えてくれた遊びがあったからだ。まず、ぼくはクズと向かい合わせに座って、二人して大きく口を開ける。そして、アンチョビ味のオリーヴか塩味のアーモンドをたがいに投げこむ。アンチョビか塩が目に入るとぴりぴり痛むから、きちんとねらいをつけないといけない。これを長い時間やっていると、最後にはかならず二人ともによだれまみれになった。

パパが執筆しているとき、クズはママとぼくをよく山に連れていってくれた。山登りはいつも似たり寄ったりの展開だった。まずはクズが先頭を切ってしばらく歩き、自分は慣れているんだと言って軍隊での思い出をとうとうと語る。しかし、ぼくらが追いつくころには思い出は薄れ、やがて追い抜くころには思い出はすっかり消えうせて、クズは全身汗びっしょりに。そうなるとぼくらはクズを岩場に残し、さらに登って野生のアスパラガスやウチワサボテンの実を食べたりタイムとローズマリーと松の実を採ったりした。下山のついでに迎えに行くころには、すっかり汗の乾いたクズがお待ちかねだった。こんなクズでも、ときにはまじめになることもあった。たとえば、ぼくの将来についてアドバイスをしようというときだ。そのうちのひとつが今でも頭から離れないのは、このアドバイスは「良識にあふれている」からだ。クズ自身がそう言って、この話の理屈と重要性を力説した。

「坊や、人生にはなんとしても避けるべき人間が二種類いる。ベジタリアンとプロの自転車乗りだ。ベジタリアンは最高級のビフテキだって食べたくないんだから、前世で人食い人種だったにちがいない。プロの自転車乗りのほうは、座薬みたいな形のヘルメットをかぶって、下品にも陰嚢《いんのう》の型をとって作った特製パッドを蛍光色のタイツの中に入れて、自転車で急な坂を登ろうっていうんだから、まちがいなく頭のネジが飛んでいる。だから、いつかベジタリアンの自転車乗りとすれちがうことがあったら、いいか、思いっきり突きとばして時間を稼ぎ、全速力で走って逃げるんだぞ！」

　ぼくはクズの奥深いアドバイスに心からお礼を言った。

「一番あぶない敵っていうのは、うたがってもいない相手なんだね！」とぼくは感謝の気持ちをこめて言った。

　クズは命の恩人かもしれない。ぼくはそう思い、さすがしっかりと良識にあふれたアドバイスだなと感心した。


　ママの誕生日には、毎年早朝からパパとクズが湖上での花火を準備しにボートで出かけるので、ぼくとママは市場に行き、お酒やハム、パエリア、丸ごとのイカ、ブレスレットみたいなイカの切り身、ろうそく、アイスクリーム、ケーキ、おまけにまたお酒を買った。帰ってくると、ママは誕生日の夕べのためのドレスを選ぶあいだ、すてきなお話を聞かせてちょうだいとぼくに頼んだ。衣装選びはいつも何時間もつづいて、ママはドレスにそでを通してはぼくに意見を求めるのだけど、ぼくがいいことしか言わないものだから、結局、ママは鏡にたずねて、毎回鏡が最後の審判をくだした。ママは言ったものだ。

「鏡のほうが公平だし、本当の評価をしてくれるのよ。ときには残酷に、でも感情をまじえずに」

それからまたママは着替え、ドレスをくるくると回したり、下着姿で踊ったり、これは完璧なまでに完璧だけど完全ではないのよと言ったりした。ママは最後の一枚までためしたうえで、また一から、今度はさっきとちがう順番で試着を始めるのだった。湖のほうからは準備作業のぎこちない物音、笑い声、大声、ときには叫び声が聞こえてきた。

「そうじゃない、クズウウウウウ！」とパパの反響した声が言った。

「これじゃあ沈むぞおおおおおお！」とクズの反響した声が答えた。

「じたばたするなああああああああ！」とパパが言った。

「かんぱああああああああああい！」と二人が声をそろえて叫んだ。

ママは招待客たちがつく数分前にすてきなドレスを、まるで魔法を使ったみたいにさっと見つけ出した。これには毎度のことながらほんとに驚かされた。口紅を塗りなおし、長いまつ毛をコームでとかしたうえで、さっき目覚めたばかりですと言いそうな自然な上品さをにじませながら、ママはお客たちを出迎えた。ママの完璧な格好もまたうそだったけれど、それはもう輝くばかりのうそだった。日が暮れるのを待つあいだ、人々は白い布を張ったバルコニーでたがいの日焼けした肌、服装、妻をほめ合いながらお酒を飲み、スケールが大きくて、それでいてまるで責任がないひとときを楽しんでいた。マドモアゼル・ツケタシは小さな硬貨をつなげてできた首輪をかけて、お客のあいだを気取ったしぐさで歩きまわり、イカのグリルがあればためらいなく切れ端をついばんで、至近距離にいた人のズボンにオリーヴオイルをはねちらかしていた。やがて山の頂上の向こうに最後の陽だまりが消えていくと、ニーナ・シモンの甘くて熱い声とピアノの反響した音色が流れだし、ボージャングルが響きわたった。あまりに美しい音楽なのでその場の全員が口をつぐみ、そして声もなく泣いているママを見つめた。ぼくは片手でママの涙をふき、もう片方の手でママの両手を握った。花火の甲高い上昇音のあと、ぼくはたいていママの目の中に最初の花火が破裂するのを見た。夜空に色をばらまいた最初の花火は、湖面に映って反対方向にも飛んだように見えた。この双子の花火にはだれもが口をぽかんと開けて固まり、やがて少しずつ拍手がわいた。はじめのうちは邪魔にならないようにさざなみの音ぐらい控えめだった拍手は、どんどん大きくなってゆき、生き生きとした爆発音と混じり合った。花火はとどろいて、響いて、ぱちぱちと鳴り、ゆっくりと薄れてから、前よりも激しくまた始まった。一番高く、一番遠く、一番激しく飛んだ最後の打ち上げで、火花のきらめきがちりぢりになって、湖をおおう星空のとばりへとゆっくり落ちていくとき、ママがぼくにささやいた。

《彼はとても高く跳んだ《ヒー・ジャンプト・ソー・ハイ》、とても高く跳んだ《ヒー・ジャンプト・ソー・ハイ》。それから、ひらりと着地した《ゼン・ヒー・ライトリー・タッチト・ダウン》》

それから、ぼくらは踊りはじめた。

# 4

「また働きに行くなんて言わないでしょうね！　だって、あなた、過労死してしまうじゃない！　今日は何曜日？」と彼女はうめくように言ってから、枕を手放して私にしがみついてきた。

「水曜日だよ、ウジェニー。今日は水曜日で、水曜日には私は働きに出かける。他の曜日と同じくね」と私は毎朝のお決まりの言葉を返したが、心地よくすり寄ってくる彼女の体にやすやすと引きとめられてしまった。

「ええ、ほんと。確かにそう。水曜日のあなたはいつも働いてる。でも、こんなひどいことが一生つづいたりはしないわよね？」

「つづくよ、残念ながら。きみは知らないんだろうけど、人類の多くはこうやって日々の糧《かて》を得ているんだ！」と私は答えて、それから彼女の不機嫌そうにひそめられた眉を指で元の位置に戻そうとした。

「じゃあ教えてちょうだい。どうして、下の階に住んでる小さいお友達は水曜日になんにもしてないの？」彼女はそう尋ねながら私にとりすがり、問いかけるような眼差しを私の目のもっとも深いところに放りこんできた。

「子供だからだよ。子供っていうのは水曜日が休みなんだ（当時、フランスの小学校は水曜日も休みだった）」

「こんなおじいちゃんよりも、子供と結婚したほうがよかった。そしたら、私の人生はもっとずっと楽しかったでしょうに。少なくとも水曜日は」と彼女は嘆いてから、横向きに再び倒れこんだ。

「ああ、そうだろうけど、まずいよ。実にまずい。法的にも倫理的にも禁じられている」

「そうだけど、少なくとも子供たちは水曜日でも楽しそうなのに、私はあなたを待って退屈してる！　二階に住んでる男性も働いてないけど、どうして？　毎日お昼に買い物から戻ったときに、あの人がゴミ箱を外に出しているのを見かけるわ。目ヤニをつけて、ぼさぼさの髪でのゴミ出し！　いつだってスポーツウェアだけど、そんなにスポーツに打ち込んでいるとは思えない。だって、豚みたいに太って丸々としてるんだから。あの人も実は子供だとか言わないでよ。私はそんなことを信じるほど間抜けじゃありません！」

「いや、二階の男性は事情がちがう。失業中なんだ。きっと彼なら水曜日でも喜んで働くだろう」

「私ったらほんとに運が悪い。よりによって水曜日に働く人と結婚しただなんて」彼女は打ちひしがれた様子で、一本調子に喋《しゃべ》った。おぞましい現実を見まいとして、つぶった目を両手で覆いながら。

「忙しくしていたいなら、一つ考えが……」

「あなたの最低な考えならよくわかるわ。私に働いてほしいんでしょ？　一度働いてみたときのことは話したじゃない。はっきりと覚えてる。あれは木曜日の朝のことだった」

「ああ、わかってる。その話ははっきりと覚えているよ。花屋で働いたけど、花束の代金をもらうのを拒否してクビになったんだ！」

「でもね、私たちが暮らす世界ってそんなものなの？　花は売るべきじゃないわ。花は美しくて、無料で、ただしゃがんで摘めばいいだけ。花っていうのは人生なの。私が知るかぎり、人生は売り物なんかじゃない！　それに、私はクビになったわけじゃなくて、辞めたの。自分で決断して、この社会に広がる詐欺的行為に加わるのを拒んだだけ。昼食休憩を使って、世界で一番大きくて美しい花束をこしらえて、それを手にして去ったのよ」

「窃盗の話をこうもうまく自己表現に使えるなんて、素晴らしい。中世ではロビン・フッド《ロバン・デ・ボワ》で、現代では私の結婚相手である花泥棒《ラピン・デ・フルール》だ！　でも、きみ自身が仕事につくのが嫌でも、ご近所さんが仕事を見つける手助けはできるんじゃないかな……。うちの住所録にはお偉いさんの名前がいっぱいある。うまくいけば、この建物内で水曜日に働くような輩《やから》が私一人じゃなくなる」

「素晴らしい考えね。二階の彼の就職を助けるための昼食会を開きましょう！　盛大な面接昼食会よ。だけど、その前に、スーツと靴を買いに彼を連れ出さなきゃ。穴だらけのスポーツウェアとサンダルじゃあ、人並みの職を見つけられるはずないもの！」と彼女は軽快に言ってから、ベッドをトランポリン代わりにしはじめた。元気よく跳ねたり、拍手をしたり、うっとりしたり、一番うまくいった場合を想像しながら。

私たちが人騒がせな出会いを果たして以来ずっと、彼女はいつでも現実をチャーミングなやり方で無視するふりをしてきた。そのふるまいがまったく板についているものだから、彼女が意図的にそうしているんだと私も信じているふりをしてきた。プールでの騒動の後、自分たちがしでかした悪ふざけも、腹を立てた参加者たちも、溺れかけたヒステリックなご婦人もそのままに、私たちは高級ホテルから逃げ出した。ぼちゃーんぶくぶくと言っては底抜けに大笑いし、夜通し車を飛ばした。

「もっと速く！　じゃないと、あなたの嘘に追いつかれる！」彼女はオープンカーの中で立ち上がり、両手を振り上げて叫んだ。

「無理だよ。スピードメーターは最高速度になってるのに、エンジンの回転数が最低まで落ちた。このままつづけたら、きみの熱狂に激突してしまう！」

アルピーユ山脈の山あいにあるパラドゥー村の入り口で、車は私たちの同情をせがむかのように哀れっぽい音を出しはじめたかと思うと、傷んだ赤い扉と錆《さ》びついた鉄柵がある礼拝堂の前で完全に停まってしまった。

「今すぐ結婚しましょう。あとになったら忘れてしまうから！」と彼女は叫びながら、感動的なまでに不器用に、それでいて堂々とした身のこなしで車のドアを飛び越えた。

私たちは証人も司祭もなしに、適当にでっちあげたお祈りの言葉をいくつも唱えて結婚した。祭壇の前で、アメリカの黒人の結婚式みたいに手を叩きながら歌を歌った。正面入り口前のステップで音楽に合わせて踊った。車のトランジスタラジオから流れてきたニーナ・シモンの美しい曲、昼となく夜となく一日中いまだに鳴っているあの曲に合わせて。

彼女の常軌を逸したふるまいが私の人生をすっかり満たし、あらゆる片隅に身を潜め、時計の文字盤を占拠して一瞬一瞬を貪《むさぼ》っていった。私は両手を広げてこの狂気を迎え入れ、それから腕を閉じて、強く抱きしめて自分自身に染み込ませようとしたのだが、これほど甘美な狂気は永遠につづかないかもしれないと不安になっていた。彼女にとって現実世界はないようなものだった。私が出会ったのはスカートとブーツをはいたドン・キホーテで、彼女は毎朝まだむくんだ目をわずかに開いてやせ馬に飛びのり、無我夢中で脇腹を蹴って、遠くにある凡庸な風車を攻撃しに駆け出していた。彼女は私の人生を終わりのない大騒ぎに変えて、意味を与えてくれた。彼女の軌道ははっきりしていて、幾千もの方角を指し、幾万もの地平線を目指していた。私の役割は家計をつつがなく営むこと、乱心のうちに生きてもまったく心配せずにいられるだけの財力を彼女に与えてあげることだ。アフリカで傷ついたツルを道端に見つけたとき、彼女はツルを拾って、治療のために連れて行きたがった。私たちは滞在を十日ほど延ばさねばならず、その後、ツルが元気になると、彼女はパリに連れて帰りたがったが、国境を越えるためには証明書を手に入れて、そこに検印やサインをもらい、山ほどの調査書に記入しなくてはならないということを理解してくれなかった。

「どうしてこんな馬鹿みたいなことを？　まさかこの鳥は国境上空を飛ぶたびに、こんな調査書に記入して、あんな役人たち全員と渡り合わなきゃいけないわけ？　鳥の暮らしでさえもこんな試練の連続だなんて！」獣医のオフィスに検印をもらいに何度も押しかけるあいだ、いらだった彼女はそうわめいていた。

　かつて夕食の席で、ある客がだしぬけに彼女に、「スペインの城」という表現は「絵空事」を意味する慣用句ですよと、緑色の目に挑戦的な色をにじませながらご丁寧に説明してくれたとき、彼女は一年後に実際にスペインの城で会ってアペリティフを飲みましょうと賭けを申し出た。

「きっかり一年後、私たちのスペインの城でシャンパンを飲みましょう！　もちろん、そのときはあなたがシャンパンのお代をもってくださいね！」

この勝負に勝つために、それからは週末のたびに飛行機でスペインの地中海沿岸へと向かわねばならなかったが、結局私たちは銃眼《じゆうがん》をほどこした小塔付きの屋敷で、近くの村の住民たちからは面倒くさそうに〈エル・カステル〉と縮めて呼ばれる大邸宅を見つけた。こんな暮らしは心から没入しきらなければ営めない。だから、毎朝のように彼女にせがまれていた子づくりの決断をついにしたとき、いつの日か自分の責務に打ち込むために、車検場を手放し、すべてを清算しなくてはならない日が来ることはわかっていた。彼女の狂気はいつか脱線してしまうかもしれないということも意識していた。確実に起こるとは言えないが、私の務めは子供がいても、いつ来るか知れないそのときのための準備をすることだ。それは今後、私一人の宿命ではなくなり、おちびちゃんも巻き込まれていくものになる。おそらく秒読みはもう始まっている。そして、この「おそらく」の上で、私たちは毎日踊ってパーティーをしているのだ。

# 5

ママの変身が始まったのは、ある年の誕生日を少しすぎたころだった。

〈一見したところではほとんどわからなかったが、彼女の周囲の空気、雰囲気に変化があった。私たちは何も見ず、感じただけだ。表面上は彼女の仕草のほんのささいな変化だった。睫毛の伏せ方、拍手の仕方や、いつもとちがったリズム。嘘をつきたくなかったから、最初のうち、私たちは何も見ず、ただ強く感じただけだった。彼女の独創性が階段をのぼりつづけてるんだとか、新たな踊り場に到達したんだとか、私たちは言い合った。やがて彼女はより定期的に神経を高ぶらせるようになり、その状態もより長くつづくようになったが、心配するほどのことではなかった。それに、相変わらず彼女は頻繁に踊り、確かに以前より投げやりでより熱狂した動きだったけれど、不安になるほどのことではなかった。ほんの少しカクテルを余計に、ときには朝から飲むこともあったが、飲みつづける時間も量も大体いつも同じで、生活が乱れることはなかった。だから、私たちは生活を、パーティーを、楽園でのバカンスをつづけたのだ〉
ここまでが、なにがあったのかを書きとめたぼくのパパの文章だ。

ママのあらたな性質を目覚めさせたのは、ドアベルの音だった。もっと正確に言うと、ドアベルを鳴らした人だった。こけた頬、デスクワークばかりの人にありがちな顔色、ギャバジンのレインコートににじみ出た義務感、そういったものをたずさえた税務調査官があらわれて、両親に説明を始めた。お二人は非常に長いあいだ税金を払い忘れていますとか、あまりに長いあいだでしたから私の記憶力では足りず、分厚い書類を持ってきましたとか。そこでパパはほほえみながらパイプにたばこをつめ、それから玄関ホールの騎士の絵の下にある家具へ小切手帳を取りに行った。でも、税務調査官が税金の額とささやかな追徴金の額を言ったとたん、パパのパイプは床に落ちた。追徴金だけでもけたはずれ、総額ときたらびっくり仰天だった。実際に体が仰天した。というのも、ママがすごい勢いで調査官を押しはじめ、それで調査官はたおれて天を仰いだのだ。そこでパパはまずママをなだめてから、調査官のコートのそでをつかんで起きあがらせた。パパは低姿勢であやまりつつも、しょげてはいなかった。ところが税務調査官は逆上して、どもりながら言った。

「今すぐに払わなくてはなりませんよ！　社会のためにはぜ、ぜ、ぜ……ぜい、きんをきちんと払いましょう！　あ、あ、あ……あなただって円形交差点を使ったことがあるでしょう！　つまり、あなたは公共施設にただ乗りしてるわけです、ぬ、ぬ、ぬ……ぬけぬけと！」

するとママが見せたことのない凶暴さを叫び声にこめて答えた。

「このろくでなし、このうえさらに私たちをばかにしようっていうのね！　私たちは円形交差点なんて一度も入ったことありません。ああいう人たちとはちがうんです！　歩道なら使ったかもしれないけど、円形交差点なんてとんでもない！　それに、税金を払うことがそれほどいいことなら、どうぞ存分にやって！　私たちの分まで払ってくれればいい！」

パパが混乱したママを見つめながらパイプに火をつけようとしているあいだに、ママはドアの脇に置いてあった傘をさっとつかんで開いて、それで調査官をアパルトマンの外へ追いだした。階段の踊り場まで後退しながら、調査官の男は叫んだ。

「今日のことは高くつきますよ。なにもかも払ってもらいますから！　さぞ悲惨な生活になるでしょう！」

するとママは盾のように傘を使って、勇敢にも文句を言いながら手すりにつかまっていた税制の剣士を階段から追いたてた。彼はもんどりうって、手すりにしがみつき、横滑りしてまたつかんだ。ママは調査官の義務感をためしたのだ。一瞬だけど、ぼくは彼の赤らんだ強情そうな目の中にこれまでの長い調査官人生がつぎつぎと浮かんでは消えていくのが見えた。パパがなんとかママを抱きしめて止めたとき、すでに調査官は数階下まで追いやられていた。インターフォン越しにおどすようなことを二度言ってきたあと、税務調査官はどこかよそで、ほかの人の家で、円形交差点のためのお金を集めようと立ち去った。三人で大笑いしたあとに、パパがたずねた。

「だけどね、オルタンス。きみはどうしたんだ？　なにがあった？　これから困ったことに……」

「もうとっくに困ったことになってる、ジョルジュ！　そう、だってあなたはもう貧乏なのよ、ジョルジュ。私たちそろって貧乏なの！　なんて月並みで、平凡で、悲しいの……。アパルトマンだって売らなきゃならない。それで、あなたはなにがあったってきいたわよね？　そう、ジョルジュ、私たちのもとにあったもの、それをすべて彼らが取っていった。彼らがすべてを奪っていく！　すべて……私たちはもう一文無し……」とママは言い返した。それから熱に浮かされたように周囲を見回して、アパルトマンがまだここにあることをたしかめた。

「まさか、オルタンス。すべてを失ってはいないよ。解決策は見つかる。もうこれからは郵便物を開けなきゃいけないな。とにかく、やって悪いことはないさ！」と言い切ったパパの目は郵便物の山に向けられていて、その声には家計のやりくりへの後悔がうっすらとにじんでいた。

「オルタンスって呼ばないで！　今日はいや！　私は本当の名前さえとられた。名前すらない……」ママは涙ながらに言って、郵便物の山にたおれこんだ。

「このアパルトマンを売れば、負債を上回る金額が手に入る。スペインの城は残るんだし、流刑にされるわけでもない。それに、私がまた働いて……」

「そんなのだめ、なにがあろうと働かないで！　わかった？　絶対によ！」とママはヒステリックに叫びながら、封書の山をかき混ぜていた。まるで、泣き虫で機嫌の悪い赤ちゃんがお風呂のお湯でやるみたいに。「あなたを待ちながら暮らしていけない、あなたなしじゃ生きられない！　あなたがいるべきところは私たち二人のそば……。一秒でもだめ。一日中なんてとんでもない！　そもそも、ほかの人たちはあなたなしでどうやって生活しているんだか」とママは泣いてかすれてしまった声でささやくように言った。わずかな言葉のあいだに、その声は激しい怒りを通りすぎ、内にこもった悲しみにたどりついていた。

その夜、ぼくは手放さなきゃいけなくなった二台のベッドを見つめながら、どうしてクズは税金男にも警戒しろと言ってくれなかったんだろうと考えた。ひょっとしてあの税金男はベジタリアンの自転車乗りだったのだろうか？　そんなことは一瞬も頭をよぎらなかった。もっとひどい目にあっていた可能性だってある、そう気づいたぼくは恐怖にぶるっとふるえてから、クロード・フランソワめがけてダーツを飛ばした。うまく当たったけれど、うれしくなかった。

税務委員会への不服申し立てをしたうえで、クズに力を貸してもらって、ぼくらは時間稼ぎをした。アパルトマンの売却と引っ越しはさしあたりしなくてもよくなった。税金のことでショックを受けたあと、ママは以前のふるまいを取り戻した。まあ完全にとは言えないけど。ときどきママは、夕食の席でばか笑いの発作におそわれて、しまいにはテーブルの下にしゃがみこみ、床の上で拍手することがあった。そのときのお客や話題によっては、テーブルを囲む面々は一緒に笑ってくれるときもあれば、だまりこんでクスリとも笑わず、首をひねるときもあった。こんな状態になったときには、パパが落ち着かせる言葉をささやきかけながら、ママの化粧くずれした顔を優しくふいてあげて、立ちあがらせた。そして寝室に連れていき、必要なだけそこにとどまった。ときにはずいぶん長く出てこないこともあり、そうするとお客たちは邪魔しないように帰っていった。ママのばか笑いは奇妙で、悲しげになっていた。

ママの新しい状態のなにが問題か、パパに言わせると、どの足で踊るのかわからないってことだった(「どうしたらいいかわからない」という意味の慣用句)。この分野では、ぼくらはパパの言葉を信じることができた。だってダンス専門家の言葉だから。ときにはママが何週間もずっと、悲しげなばか笑いの発作にも、ちょっとした怒りにもおそわれない日々がつづくと、ぼくらはママの錯乱のことも厄介なふるまいのことも忘れてしまった。この期間、ママはぼくらの目にはかつてないほどかわいらしく、以前よりもすてきにさえ見えた。そんなふるまいはそう簡単にできないだろうに、ママは見事にやってのけていた。
ママの新しい状態のなにが問題かというと、それがスケジュール帳とか一定の時間帯でしばられなくて、予約をとらずに、夜道の不審者みたいにだしぬけにあらわれることだった。ぼくらがやつのことを忘れて、以前の生活を取り戻すまで辛抱強く待ってから、やつはノックもなく、ドアベルも鳴らさずに姿をあらわした。朝でも夜でも、夕食のときでも、シャワーのあとでも、散歩の途中でもだ。そんなとき、ぼくらは頭の中が真っ白になって、なにをどうしたらいいのかわからなかった。それでも、そのうち慣れたらよかったのに。事故だったら応急処置を説明した人命救助の手引書があるわけだけど、ぼくらの場合、そんなものはなかった。人はこの手のことには絶対に慣れたりしない。だから毎回ぼくとパパはまるでこれが初めてのことのように顔を見合わせた。初めの何秒かがどうにかすぎたあと、ぼくらはふとわれに返って、このあらたな状態がどこから来たのだろうと周囲を見回した。それはどこかから来るようなものではなく、そのことがまさに問題だった。

ぼくとパパも、悲しげなばか笑いのおすそ分けをもらうようになってしまった。

あるお客が夕食のときになにかを断言するたびに「俺のパンツを賭ける（「まちがいない」と言い切るときの慣用句）」と何度も言っていたところ、ぼくらの見ている前でママが立ちあがり、スカートをたくしあげてショーツを脱ぐと、その賭けの主の顔へ、鼻めがけて投げつけた。ショーツは宙を飛び、音もなくテーブル上空を通過し、鼻に命中した。夕食の最中にそんなことが起きたのだ。短い沈黙があってから、お客の女性が叫んだ。

「まあ、正気を失ってる！」

ママはカクテルを一息に飲みほしてから、こう言い返した。

「いいえ、正気は失ってません。せいぜい、ショーツを失ったぐらいです！」

ぼくらを窮地から救ってくれたのはクズだった。彼がとても大きな声で笑いだして、同席者みんなを笑いの渦にまきこんだので、悲劇の始まりだったはずが空飛ぶショーツにまつわるちょっとしたエピソードに変わった。クズの笑い声がなかったら、だれひとり笑わなかっただろう。それはたしかだ。みんなとおなじようにパパも涙を流して大笑いしたけど、そっと顔を隠していた。

別の日の朝、ぼくは朝食中で、両親は徹夜あけでまだ寝ていなくて、居間ではまだ踊っているお客たちがおかしな音をたてながらわが物顔にふるまっていたときのことだ。クズはキッチンのテーブルの上で、ひしゃげた葉巻が入った灰皿につっぷして寝ていた。マドモアゼル・ツケタシは、寝室を見てまわってはパーティーからの脱走者たちをたたき起こしていた。そんなとき、ぼくはママが浴室からはだかで、ハイヒールをはいて出てくるのを見た。たばこの煙がまだらになって顔だけをときおり隠していた。玄関の家具にのせてあるはずの鍵をさがしながら、ママはごく自然に、お客のためにカキと軽めのミュスカデワインを買いに出かける、とパパに告げた。

「ねえ、なにか着たほうがいいよ、エルザ。風邪をひいてしまうじゃないか」とパパは心配そうにほほえみながら言った。

「たしかにそのとおりね、ジョルジュ。あなたなしでは暮らせない！　愛してる。わかってる？」と彼女は言ってから、コート掛けにあったロシア帽をさっとつかんだ。ごく自然に。

それから、ママはドアが風でばたんと閉まる前に、一瞬のうちに姿を消した。パパとぼくがバルコニーから見下ろすあいだも、ママは堂々とした足取りで、勝ちほこったふうにあごを上げ、視線をものともせず、歩道を堂々とした足取りで進んでいき、指でぽんとたばこを投げ捨て、ドアマットでハイヒールの靴底をきれいにしてから鮮魚店の中に入っていった。ママが店内ですごしているあいだじゅうずっと、パパはぼんやりした目つきで、ささやくようにして遅まきながら返事をしていた。

「きみが私を愛しているのはよくわかっているけど、この常軌を逸した愛をどうしたらいいんだ？　この常軌を逸した愛をどうしたら？」

するとママが店から出てきて、まるで聞こえていたかのようにぼくらのほうにほほえみかけた。片手でカキののった皿を持ち、もう片方の手でワインボトルを二本胸にかかえていた。パパはため息混じりに言った。

「なんて素晴らしい……彼女なしではいられない……本当に……あのいかれた心も、私のものだ」


ときどきママは無謀な計画に、びっくりするほど熱心に取り組むことがあった。それでいて、日がたつうちにその熱心さは冷めて、計画もしぼみ、驚きだけが残るのがつねだった。ママは小説を書きはじめようとして、鉛筆や紙を段ボール箱単位で注文し、百科事典、書き物机、電気スタンドも買いそろえた。アイデアが浮かぶ場所をさがして、書き物机はつぎつぎとちがう窓の前に移動させられ、結局、集中できるということで壁の前になった。だけど、座ってしまうと集中もできずアイデアも浮かばず、ママは怒って紙を放りなげ、鉛筆を折り、てのひらで机をたたき、灯《あか》りを消した。小説は一トンの紙を前にしてたった一行の文章も書かれないまま終わりになった。しばらくすると今度は、アパルトマンがいつの日か売却のときに高値になるよう、ママは壁を塗りなおそうとした。ペンキの缶がうんざりするほど注文された。はけ、ローラー、薬剤、脚立《きゃたつ》、はしご、床や家具や壁の下側をペンキから守るためのビニールテープと養生シート、家具、壁に貼る飾り。それから、アパルトマンじゅうをビニールでおおうと、すべての壁にペンキを全色ほんのひと塗りためしてから、こんなこと無駄よとか、どのみちすべて失うとか、ペンキが塗ってあろうがなかろうが売れるんだからなどと言ってやめてしまった。それから何週間も、ぼくらのアパルトマンは真空パックの冷凍製品でいっぱいになった巨大な冷凍庫そっくりになっていた。毎回、パパがママを冷静にさせようと言い聞かせるのだけど、ママはすべてをごく自然にやって、なにが問題なのかわからない様子で見返してくるので、パパとしてはあきらめて、ママが向こう見ずな計画に没頭するのを力なく見守るしかなかった。問題なのは、ママの頭が完全にどこかに行ってしまったことだった（「正気を失う」という意味の慣用句)。もちろん外から見るときちんと肩の上にのっかっているのだけれど、心はここにあらずだ。パパの声はもう、鎮静剤として役に立たなくなっていた。

ぼくらの暮らしが煙となって消えたのは、なんの変哲もない、ありふれた午後のことだった。それは暗い灰色の化学的な煙だった。パパとぼくが二人だけで出かけて、ワインや掃除用品やパンを買ったり、ちょっとした用事をすませたりしていたとき、パパがママのお気に入りの花屋になんとしても寄らなくてはと言い出した。

「マドレーヌはあそこの花の取り合わせが大好きなんだ。近くじゃないが、遠回りするだけの価値がある出来栄えだぞ!」

その遠回りは長くなってしまった。交通渋滞から始まって、口やかましい大勢の客、花束へのぼくらの入念なこだわり、そしてできあがったバランスのとれた花束、二度目の交通渋滞、駐車場への駐車、そしてうちの前の道、もくもくとした煙。五階にあるわが家の居間の窓から灰色の濃密な煙が流れ出て、一緒に立ちのぼるおそろしげな炎は巨大なはしごの先にいる消防士二人を包もうとしていた。消防車と大音量のサイレンに近づこうにも、ぎゅうぎゅうの野次馬の中を突っ切らなくてはならなかった。邪魔された野次馬たちは腹を立てて、見物をつづけながらどなったり、ひじで押してきたりした。

「落ち着け！　押すな、ぼうず。どのみち遅刻だ。もう見るものはなんにもない！」ぼくが前に進もうとして必死で人ごみをかき分けてるのに、片手で通せんぼしてきた年寄りがそっけなく言った。

結局、その人は悲鳴をあげながらぼくを通してくれた。親指にかじりついたぼくに離れてもらいたかったのだろう。

「まあ、お花！　なんて気が利くの！」感嘆の声をあげたママは担架に横たわり、体温低下をふせぐための金色のアルミシートをかけられていた。

ママの顔は黒と灰色のまだらで、おまけに白い粉にまみれていた。不安がっている様子ではなかった。

「なにもかも片がついたの。私たちの思い出はすべて燃やしたから。こうしておけば、あいつらにとられない！　ほんと、中は熱くなったんだけど、ほら、もう終わった！」と言うママは両手をごちゃごちゃしたふりつけのように動かして、自分の動きぶりに満足しているようだった。

むき出しの両肩の上には、焦げたビニールが丸まってくっついていた。

「もう終わった、もう終わったから」と繰り返し言うパパは、ほんとになにをしたらいいのかわかっていなかった。ただママのおでこをふいて、まなざしで問いかけるだけで、質問をすることもその日の名前で呼びかけることもしなかった。
　ぼくもなにを言えばいいのかわからなかったので、なにも言わず、静かな愛情をこめてママのすすだらけの両手をそっとついばむだけにした。

　消防隊長の説明によると、ママは大量の郵便物と家じゅうの写真を居間に集めて火をつけたらしく、床から天井までおおっていたビニールのせいで居間はたちまち巨大なかまどになったそうだ。消防士たちが発見したときにはママは落ち着いていて、玄関の片隅でレコードプレーヤーとすっかりパニックになっている大きな鳥を抱きしめていた。燃えあがった紙の塔のせいでやけどはしていたけれど、重傷ではなかった。居間だけが焼けて、ほかの部屋は無事だった。消防隊長の話をかいつまんで言えば、なにもかもほとんど丸くおさまるだろうということだった。調査すべき点がまだあるにしても。

　なにもかもほとんど丸くおさまるということの根拠は、だれもぼくらに示してくれなかった。ママを長時間取り調べた警官たちでさえできなかった。ママのあきれるほどの落ち着きと予想もしていなかった発言を前にして、彼らは髪をかきむしるだけだった。

「私は自分のものにしておきたかったものを破壊しただけです！　あのひどいビニールシートがなければ、こんなことにはならなかったはず！」

「いいえ、ご近所に不満なんてまったくありません。もしも彼らのうちを燃やしたかったのなら、私は自分のアパルトマンじゃなくて彼らのに火をつけたはずでしょ！」

「ええ、気分はすこぶるいいですよ、ありがとう。この騒ぎはもうすぐ終わります？　紙がいくらか燃えただけでこんな大事《おおごと》になるなんて！」

ほほえんだママが落ち着いて受け答えする姿を見ながら、パパがぼくの手を握ったので、ぼくはその手をはなさないようにした。パパの目には生気がなかった。完全な鎮火めざしてなにもかも水浸しにしようとしている消防士たちが、パパの目の中の火も消してしまったのだ。パパはますます玄関の絵に描かれたプロイセンの騎士に似てきた。顔は若いのにかすかにひび割れて、服装はおしゃれだけど色あせて、眺める分にはいいけれどなにをたずねても答えてくれず、ちがう時代から来たかのよう。パパの時代は終わった。これでおしまいになってしまった。

病院でも、なにもかもほとんど丸くおさまるという根拠は見つからなかった。ママだけが、なにもかも最高だと思っていた。

「昼下がりに踊りもせずに、どうしてこんな陰気な建物の中ですごさなきゃならないの？　居間は使えないけど、食堂なら場所をあけられる！　ボージャングルをかけましょう！　あのレコードは無事よ！　これだけ晴れてるんだから、歩いて帰ることにしない？」

「あなたたちって、ほんとにつまらないわね！」と結局ママはぶつぶつ文句を言いながらも、ぼくたちについてきてくれた。

診察室につくと、心配そうな医者の目の前で、ママは言ってのけた。

「まあ、おじいさん。私たち二人のどちらがより健康かわかりませんけど、午後がお暇なら、だれかに会いに出かけたほうがいいですよ！　わかります、日がな一日病気をかかえた人と会っていると、自分の心にも影響が出てきますよね！　白衣ですら、くたびれてきてるじゃありませんか！」

この発言にパパはにっこりしたけれど、医者はにこりともせずに首をひねりながらママを見つめて、ママだけが残るようにと言った。診察は三時間にもわたり、そのあいだパパのパイプは煙を出しつづけて、ぼくらは陰気で大きな建物の前を歩きつづけた。パパはぼくにこう言った。

「すぐにわかると思うが、この悪夢は終わるし、すべてはうまくいく。ママは正気を取り戻して、私たちは以前の暮らしを取り戻せる！　いつだってあんなにユーモアがあるママだ。あれだけ面白い人は完全に壊れたりしないものだよ！」

繰り返されるその言葉を聞いたおかげで、ぼくはしまいにその言葉を信じるようになり、パパも自分の言葉を信じるようになった。だから、医者がお子さん抜きで話しましょうと言ってきたとき、パパはぼくに片目をつぶってみせてから診察室に入っていけたのだ。悪夢はもうすぐ終わるよという意味の目くばせだった。

はじめから医者はパパと意見がちがっていそうだったから、診察室からパパが出てきたとき、顔を見てすぐ、ぼくはさっきの目くばせがとっさのうそだったのだとわかった。

「ここの人たちがしばらくのあいだ、ママを泊めて見守ってくれるそうだ。おかげで話が簡単になる。こうしておけば退院するときには完全に治ってるからね。

あと数日ですべて片がつく。ママの帰宅までに、居間の傷んだ部分を直す時間もできる。おまえが壁のペンキの色を選ぶといい。さあ、これから楽しくなるぞ！」とパパは請け合った。悲しげで優しい目は、実際にはまったく反対のことを伝えていたけれど。

ぼくへの思いやりとして、パパもまた、裏向きのうそをついたのだ。

# 6

ほかの人たちの安全のために彼女を彼女自身から守らなくちゃなりません、そう医者はぼくらに説明した。あんな台詞を吐けるのは頭をみる医者だけだ、とパパはぼくに教えてくれた。ママは病院の三階に入れられた。大半の患者は具合を悪くしている途中で、少しずつ症状が進んでいて、薬をほおばりながら頭の中がきれいさっぱりするときを静かに待っているだけだった。廊下には、外見は健康に見えるけど、実際にはほとんどうつろな心をかかえている人たちがたくさんいた。三階というのは巨大な待合室で、その先には四階というさらに病気が進行している人たちの階があった。でも、四階の患者のほうがずっと愉快な人たちだった。彼らの病状の悪化は終わり、薬のせいで完全にきれいさっぱりになったあとだから、残っているのははずれたネジと風だけ。パパがママと二人きりで気持ちのこもったスローダンスを踊るとか、なにか子供に見せられないことをしたがったときには、ぼくは上の階への散歩に喜んで出かけた。

上の階にはぼくと仲良しのオランダ人で、何十か国語でおんなじことが言えるスヴェンがいた。スヴェンは人のよさそうな顔をしていたけど、歯が一本すごく前側に生えていたので、しゃべるとこっちに大量のつばが飛んできて、いつ直撃するかわからなかった。以前の暮らしでのスヴェンはエンジニアで、入院してからも小学生用ノートに統計データをびっしりと書きとめていた。スヴェンには熱中できる大切なことがたくさんあった。たとえば、何年も前からポロの試合結果を記録していた彼は、ポロについてならどんな問題を出されても、ノートを調べてページの片隅に書きなぐられたスコアをたちどころに見つけ出すのだから、ほんとにすごかった。ローマ法王の生涯にも興味を持っていたから、これについてもおんなじやり方で、法王の国籍、誕生日、在位年数などなんでも言えた。スヴェンはほんとの博識家だった。ぎっしりと知識がたくわえられた頭の中の一角を、薬は消し忘れたらしい。でも、スヴェンがなによりも大好きなのは、フランスの歌だった。いつもウォークマンをベルトに、イヤホンを首にひっかけて歩いていて、それこそ歩くジュークボックスだった。歌が始まるとなると、ぼくはかならずちょっと距離をとった。スヴェンの前歯が急に抜けて、つばをもろに顔に浴びることにならないか心配だったからだ。スヴェンは歌がうまく、とても大きな声で、心をこめて歌い、幸せのあまりによだれをたらした。一度、クロード・フランソワのハンマーがどうとかいう歌（邦題「天使のハンマー」）を歌ったことがあって、それでぼくはパパがどうしてこの歌手をダーツの的にしたのかがわかった。ハンマーで家族みんなをたたいてまわる歌を歌うなんて、ほんと人間じゃない。もしもぼくがハンマーを持っていたら、スヴェンのウォークマンを壊して、ひどい歌をやめさせただろう。それをのぞけばぼくはスヴェンの歌が大好きで、ただ聴いているだけではいられず、とくに彼が歌いながら飛行機のまねをするときなんか、彼と一緒に飛びたちたくなった。医者と看護師が全員たばになったって、スヴェンひとりのほうが面白かった。

気泡と呼ばれる女性患者もいた。ぼくがそう名付けたのだけど、それはいくら名前をたずねても教えてくれなかったからだ。だから、どうにかして名前をつけてあげなきゃいけなかった。どんな人でも名前かせめてあだ名で呼ばれる権利があるし、そのほうが自己紹介のときに都合がいいから、ぼくが彼女のために選んであげたのだ。そんなわけで彼女は気泡になったっていう簡単な話だ。薬は彼女のほとんどすべてを消し去って、残ったのは段ボール箱ひとつ分。いつも頭はからっぽみたいだった。彼女は両手で引っ越し用の気泡シートを持って、毎日天井を見つめて錠剤をかじりながら、気泡をつぶしてすごしていた。食欲があまりないせいで腕から点滴を入れていた。何リットルもの点滴を腕で飲みほしてもまるで太らないんだから、ほんと、おかしな人だった。看護師が教えてくれた話だと、頭の中身が消えてしまう前の気泡は悪いことをしていたけど、今では邪悪な悪魔が脳みそに戻ることを薬がふせいでいるらしい。彼女は日がな一日気泡シートをつぶし、そうすることでいつでもリラックスしていた。ぼくもスヴェンの歌が耳までいっぱいになったときには、気泡のところに行って一緒に天井を見つめ、プチプチという音に耳をかたむけると、気持ちがすごくやすらいだ。それでも、ときどき、気泡は体のあちこちからガスを出すことがあって、そんなときはぼくも走って逃げるしかなかった。それについては、薬でどうにかできるものではなかったから。

気泡のところにはヨーグルトという、自分を大統領と思いこんでいるおかしな患者が会いに来ていた。そんなあだ名をつけたのはぼくではなくて、病院のスタッフだ。彼が体じゅうの穴という穴から液体を出すうえ、ヨーグルトみたいにすごくふにゃふにゃで、流れ出しそうな雰囲気だったからだ。彼の脳みそは中身が消えていたけど、薬が別の中身を、ぴかぴかの新品を運び入れていた。顔には魚《うお》の目のようなものがいくつもあるし、いつでも口の周りにクッキーのくずをつけているしで、ほんとにきたならしかった。ひどい見苦しさを隠そうとして、後頭部の黒く染めたわずかな髪につやとボリュームをつけてごまかしていた。もしかしたら、頭にカラスの翼がはりついていたらおしゃれだと思ったのかもしれない。彼は規則正しく気泡に会いに来ていたので、病院内ではだれもがヨーグルトは気泡にほれていると思っていた。彼女が片言でなにか言ったり気泡シートをつぶしたりするのを、ヨーグルトは何時間でも見つめながら大統領としての職務について話した。なにを言うにもまずは「ぼく、ぼく、ぼく、ぼく」と繰り返すことから始めるので、しまいには聞いてるこっちがくたびれた。廊下でのヨーグルトは笑っちゃうほど真剣な表情でみんなの手を握って歩き、有権者の声を聞こうとした。金曜の夜になると彼は集会を開いて、自分の職務について話し、それからボール紙製の箱で選挙をした。たったひとりの候補者として毎回彼が当選するにしては、場はとても盛りあがった。スヴェンが投票用紙をかぞえてすべて自分のノートに書きこみ、それから結果を歌声で発表すると、ヨーグルトは椅子の上に立って勝ちほこった顔で演説をした。キッチンわきの小部屋のスツール程度にはカリスマがあるやつだってパパは言ってたけど、みんなは彼のことが好きだった。大統領としてはこっけいでも、患者としては悪いやつじゃなかった。

最初のうち、ママは三階での生活をひどく退屈がり、これなら危険をおかしてでも上の階に行ったほうがましと言っていた。安定期の患者たちはなんて陰気なのかしらとぼやき、薬を使っても彼らが面白くならないことを残念がっていた。ママ自身の状態は変わりやすかった。ぼくらを魅力的なふるまいで迎えたかと思うと、ぼくらが帰るときにはヒステリックになり、それが逆になることもあった。面会時間の最中も安心できず、ママが落ち着くまで辛抱強く待つしかなくて、それがすごく長引くときもあった。そういうときのパパは、ぼくからすると頼もしくてほっとするおなじみの笑みを浮かべているのだけど、調子の悪いときのママはこれに我慢がならないようだった。こんな状況で暮らしていくことは、ほんとに、すごく大変だった。

さいわいママはユーモアのセンスをなくさなかったので、患者仲間のものまねをぼくらに披露しようとして、いろんな表情を浮かべたり、のろのろとしゃべったり、足を引きずって歩いたりしてくれた。ある日の午後、ぼくらがお見舞いに来てみると、足もとを見ながら両手をもみしだいている小柄なハゲ男とママがおしゃべりで盛りあがっていた。男は驚いた顔をしたけど、その顔はしわだらけで頭はつるつるだった。

「ジョルジュ、いいときに来たわ！　私の愛人を紹介させて。こちら、見かけとちがって、その気になったら情熱的な愛人になる方よ！」とママは言いながら男のハゲ頭をなでた。男はうなずきながら、とても大きな声で笑いだした。

これに対してパパは、握手をしようと男に近づきながら言った。

「それはそれはありがとう。では、こういう取り決めにしましょう。あなたは妻が泣いているときの担当、私は妻がほほえんでいるときの担当！　あなたのほうがずっと分がいいですよ。なにしろ、彼女はほほえむよりも泣いているときのほうがずっと多いですから！」

ママは大笑いをしはじめて、パパとぼくも大笑いして、つづけてハゲ男はさらに大きな声で笑った。

「もう行って、おばかさん。一時間後にまた来て。泣きたい気持ちになっているかどうかはわからないけど！」とママはハゲ男に言い、男はお腹をかかえて笑いながら部屋を出ていった。

　また別の日、ぼくらが病室に入っていくと、ママが頭をかたむけ、両腕を椅子にそってだらりと下げて、口から大量のよだれをたらしていることがあった。パパがひざをついて、大声で看護師さんを呼ぶと、その直後、ママはすっと体を起こして子供っぽく笑いだした。この悪ふざけに笑ったのはママだけで、パパはほんとに顔が青ざめていたし、ぼくは赤ん坊みたいに泣きわめいていた。ぼくらにとっては笑えるどころの話ではなかった。ぼくは不安のあまり怒りはじめた。こういう冗談を子供に向かってやっちゃだめだよ、とぼくはママに言った。すると、ママは許してもらおうとしてぼくをついばみはじめ、パパはぼくに、おまえの怒りは健全でかしこいなと言った。

　日がたつにつれて、ママは三階の女主人になっていった。上機嫌ですべてを牛耳り、命令を出し、威光を輝かせ、苦情やちょっとした困りごとに耳をかたむけ、休むことなく助言を与えた。それである日、パパは公現祭のときにかぶるボール紙の王冠を持ってきてあげたのだけど、ママは王冠をこばんで笑いながら言った。

「私はここの女王よ。こんなものより、ざるか漏斗《ろうと》を持ってきて。人にはそれぞれの王国が、それぞれの能力があるの！」

崇拝者たちがつぎつぎと病室にあらわれることがママの日課になっていった。ママに恋する男たちは絵、チョコレート、詩、公園の花で作ったブーケ、ときには根っこ付きの花を持ってくることもあり、ママが話す姿を眺めるためだけに来る患者もいた。ママの病室は小さな美術館ともゴミ屋敷ともつかないものになり、あちこちに贈り物が散らばるようになった。なかには訪問のための晴れ着を着こんでくる人もいて、パパは患者たちにちっとも嫉妬していない様子で、感動的な光景だな、と言っていた。ぼくらが病室に入っていき、パパが手をたたくと、求愛者たちはうなだれながら、あるいは言い訳を口にしながら逃げ去った。

「またあとでね、みなさん！」ママはそう言いながら、列車に向かってさよならしているみたいに手をふった。

取り巻きの中には女の人もいた。人数は少なかったけど、彼女たちはたいていていお茶を飲みに立ち寄り、ママが以前の暮らしについて話すのに耳をかたむけた。彼女たちはいつも目を見開いて「おおおお」だの「ああああ」だの声をあげた。もちろん、ママの人生はそれだけの価値があるのだ。看護師でさえもママのためにこまごまと気を配ってくれた。ほかの患者とちがって、ママは食事を選べたし、好きなときに灯りを消し、病室でたばこを吸うことさえできたけど、さすがに病室のドアは閉じておかないといけなかった。こういう姿を見ていると、ママの調子は良くなっているように思えて、おなじ時期に家の引っ越しをしなくてはならないことなんか忘れるほどだった。

消えつつあったのはママの頭の中身だけじゃなくて、ぼくらのアパルトマンもおなじ道をたどっていた。こちらのほうも、負けずおとらず気がめいるものだった。すごく昔からの思い出の品々を分類し、段ボール箱にしまい、ときにはゴミ箱に投げこまなくてはならなかった。ゴミ箱に捨てるときが一番つらかった。パパがあらたに見つけてきた賃貸アパルトマンはおなじ通り沿いにあったけれど、これまでよりはるかにせまいから、大量の物を処分しなくてはならなかったのだ。クズが手伝いに来てくれたものの、あだ名の持つイメージとは正反対で、彼はそういうことにまるきりむいていなかった。ときにはゴミ袋から品物を出してぼくらに説教することさえあった。

「これは捨てちゃだめだ。まだ使えるじゃないか！」

そうしてクズはぼくらがひどく苦労してやった仕分けをぐちゃぐちゃにした。これはつらかった。もう一度ゴミ袋に入れて、もう一度さよならを言わなきゃいけないからだ。なにもかも取っておくことはできない、つぎのアパルトマンにはそれだけの場所がないのだから。これは自明の理、いわば数学だよ、と数字に強いパパが言った。ぼくだってそのずっと前から、お風呂いっぱいの水はペットボトル一本にむりやりにでも入れられやしないと知っていた。物の処分というのは数学なのに、元老院議員からすると、良識あふれるおこないには思えなかったのだ。


ママが収容されてからというもの、パパはとても気丈にふるまっていたし、いつもにこにこし、ぼくとたくさん時間をすごして遊んだりしゃべったりしてくれた。ぼくに勉強を教える時間も以前と変わらず取ってくれて、歴史を学んだり、芸術をやったり、うなりながら動く古びたテープレコーダーとカセットテープを使ってスペイン語を教えてくれたりもした。パパはぼくをセニョール（成人男性への敬称）と呼び、ぼくはパパをグリンゴ（「よそもの」の意味）と呼んだ。二人してマドモアゼル・ツケタシと一緒に闘牛をしようとしたときには、まるでうまくいかなかった。例のストップウォッチを使ったかけっこのときとおなじで、マドモアゼルは赤いタオルをゆうぜんと無視した。タオルを一瞥《いちべつ》はするのだけど、首をふりながら頭を下げて、それからあさっての方向へ駆けていってしまうのだ。マドモアゼルはいい闘牛にはなれなかったけど、だからといって彼女をせめられない。闘牛用に育てられたわけではないのだから。予定どおり、居間の修理が終わったあと、パパとぼくは壁をすべて塗りなおした。アパルトマンの買い手が見つかったところだったので、何色でもおまえが好きに選んでいいよ、もうここに住まないんだからかまいやしないとパパは言ってくれた。だから、ぼくはガチョウのうんこ色（正式な色名。くすんだ黄緑色のこと）を選んだ。マドモアゼル・ツケタシが色選びを手伝ってくれた。新しい所有者が陰気で気のめいる居間を見てどんな顔をするだろうと考えて、ぼくらは大笑いした。

パパはぼくをしょっちゅう映画館に連れていってくれた。そうしておけば、暗闇の中でぼくに見られずに涙を流せるからだ。映画が終わるとパパの目が赤くなっているのに気づいたけれど、ぼくは何事もなかったみたいにふるまった。だけど、引っ越し当日のパパは神経がまいってしまって、真っ昼間に二度も泣き出した。真っ昼間に泣くというのはこれまでとまったくちがう話で、別のレベルの悲しみだ。一回目は写真のせいだった。ママが燃やし忘れたたった一枚の写真。とくによく撮れているわけでもなく、たいして美しく写っているわけでもない。クズがぼくら三人とマドモアゼルをスペインの城のバルコニーに集めて撮ってくれた写真だ。写真の中のママは手すりに腰かけて、髪が顔にかかりながら大笑いしているところで、パパは撮影者のほうを指さし、そういうことをするなとか言っている様子で、ぼくは目をつぶってほっぺたをぽりぽりかいている。横でマドモアゼル・ツケタシが背を向けているのは、写真なんて彼女にはどうでもいいからだろう。なにもかも、背景さえもピンボケしていてよく見えない。ありきたりな一枚だけど、最後の一枚、煙になって消えなかった唯一の写真だった。そういうわけでパパは真っ昼間に泣き出した。だって、古きよき昔の写真がこのピンボケの一枚しか残っていないのだ。二度目に泣いたのは、鍵を新しい所有者に渡したあとのエレベーターの中だった。五階にいたときのぼくらは笑いすぎて涙を流すほどだった。なにしろ、玄関ホールの床でチェッカーをしているぼくらにばったり出くわした新参者たちの顔ときたら、ほんとに笑えたのだ。しかも、パニックになって叫び声をあげながら縦横無尽に走る大きな鳥も一緒だったから。そしてフィナーレは、彼らが顔をしかめながら、居間の陰気な壁の色について礼を言ったときだった。だけど、三階まで降りてきたときにはもう、パパの笑いはあまり楽しげではなくなっていて、一階についたときには長くて悲しそうなすすり泣きになっていた。パパは長いことエレベーターの中に残って、ぼくはホールのところ、閉じたドアの前でずっと待っていた。

新しいアパルトマンは感じがよかったけれど、元のにくらべてまるで面白みがなかった。寝室は二つしかないし、廊下はとてもせまくて、そこですれちがうとなると壁に体がふれるほどだった。しかも、とても短い廊下なので、かけっこをしても勢いがまだつかないうちに玄関ドアにぶつかりそうになった。植物におおわれた食器棚で持ってこられたのはツタだけで、棚のほうは新しい居間には大きすぎた。それで、ツタは床に敷かれて、棚はゴミ置き場行きになった。こうして、たがいを高め合っていたツタと棚は相棒を失ったのだ。ふっくらした大きな青いキルティングソファ、安楽椅子二脚、砂入りのガラステーブル、ステッカーだらけの大型トランク、これらを居間に入れるためにはあっちにこっちに向きを変えなくてはならなくて、パズルパーティーが朝から晩まで何日もつづいたすえに、結局、全部がまともにおさまるはずがないと気づいて、大型トランクは地下の物置送りにされ、カビだらけになることになった。大きなテーブルは食堂に入らなくて、ひとりもお客を招けなそうな小さなテーブルに替えられた。テーブルにはママのための席、パパの席、ぼくの席、おまけにクズの席もあった。というのも、クズのがんばりもむなしく、このときもまだ皿やフォークをお腹にのせられずに落としてばかりいたのだ。いや、毎回がんばっていたから、置くには置けたものの、そのたびにずり落ちていたってことだ。ぼくの新しい部屋には、中ぐらいのベッドしか置けなくなった。大きいベッドだとおもちゃを置ける場所が一センチ幅もなくなってしまうからだ。あいかわらずクロード・フランソワで遊ぶことはできたけれど、距離が近くなりすぎて、ダーツは何度投げても全部彼の顔に刺さった。クロード・フランソワさえも、このアパルトマンではつまらなくなってしまった。キッチンのたくさんの植木鉢は、クズとパパのカクテルのためのミントを浮かべるみすぼらしい容器一個にその地位をゆずった。バスルームも笑えるほど小さくなった。クズときたら中で体の向きを変えることもできず、呼吸もできず、カニ歩きで中に入っていき、オマールエビみたいに真っ赤になって、汗みずくで出てきた。なにか物を落としてはクズがののしる言葉が聞こえて、それから叫び声がしはじめるのは、拾い上げようとしてもかならずまた落とすからだ。シャワーを浴びることは彼にとって兵役よりもきつかった。プロイセンのかわいそうな騎士はというと、地位にふさわしい配慮をまるでしてもらえずに床に置かれた。いくつもの戦いに勝ち、上着は勲章だらけなのに、最終的にはそこらにあるぞうきんみたいに床に置かれ、視線の先には靴下とパンツでいっぱいの物干し場しかないと思うと、ぼくの心はまたひとつ重くなった。それに、ぼくらの新居からの眺めだって、だれがどう見てもわびしかった。窓はちょうど中庭に面していて、薄暗く、それぞれのアパルトマンの中で歩きまわるご近所さんたちが見えた。いや、むしろご近所さんたちのほうがぼくらを、ぼくらがクズと一緒によだれかけゲームをしたり、クズのお腹に皿を置いたり、さらにはマドモアゼルが早朝に発声練習をして建物じゅうの人たちを目覚めさせたりするのを、不思議そうに眺めていたと言ったほうが正しい。あっという間に、マドモアゼルはすべての住戸のすべての灯りをつけさせることに成功した。マドモアゼルもやはり気がふさいで、くちばしで押そうとしたのか壁という壁をすべてたたいて穴だらけにし、ときには退屈のあまり昼間に立ったまま眠ることもあった。ママの脳みそについても、アパルトマンについても、中身がどこかに行ってしまったことを楽しんでいる人なんてひとりもいなかった。

ありがたいことに、ママはまた自分の手で物事を進められるようになった。ある金曜の夜、病院についたぼくらは廊下にひとっ子ひとりいないことに気づいた。ドアはどれも開いているのに、どの病室にも人けがない。気泡の姿さえも消えている。病院内を歩いていくうち、ぼくらはついに物音を耳にした。食堂からの音楽と大声だ。ドアを開けると、それまで見たことのない光景が広がっていた。患者の全員が晴れ着姿で踊っていたのだ。ペアになってスローダンスを踊っている人もいれば、大声をあげながらひとりで踊っている人もいて、ごく普通に笑いながら柱に向かってがむしゃらに攻撃している人までいた。ミスター・ボージャングルはプレーヤーの上でリピート再生されていた。きっとこんなおかしな人たちのために回転したことはそれまで一度もなかっただろう。たしかにぼくらのアパルトマンでおかしなぼくら家族を見ていたはずだけど、その日はそれを上回るレベルだった。座ったスヴェンが目の前のテーブルにふれずに想像上のピアノをひき、ママは手をたたいて歌いながらフラメンコを踊っていた。二人ともあまりに上手で、レコードの歌声がママの口から出て、スヴェンの指使いがピアノの音色を生み出していると思えるほどだった。あの気泡でさえも車いすに座ったままで頭をゆすり、それまで一度もぼくに見せたことのない表情を浮かべていた。あわてふためいているのはヨーグルトだけ。というのも、いつもの選挙がまったく盛りあがらないからだ。彼は踊っている患者たちに投票に行かなきゃだめだと言ったり、もしも投票しなかったら来週は統治してもらえなくなるぞと言ったりして、みんなをうんざりさせていた。ママのスカートをひっぱってテーブルから降ろそうとさえしたので、ママは足もとにあった砂糖つぼをつかんで、彼の頭の上にぶちまけて、みなさんヨーグルトに砂糖をかけに集まって、とほかの患者たちに呼びかけた。患者たちはこぞって砂糖をかけに集まり、ネイティブアメリカンのスー族みたいに彼の周りを歌いながら踊った。

「ヨーグルトに砂糖をかけよう、ヨーグルトに砂糖をかけよう、ヨーグルトに砂糖をかけよう！」

ヨーグルトはというと、その場に立ちすくんで、まるで大統領の体から神経がすっかり抜けたかのようになり、砂糖をかけられるのをひたすら待っていた。気泡は顔じゅうで笑いながらそれを眺めていた。彼女だってヨーグルトの大統領話にうんざりしていたのだ。ぼくらに気づくとママはテーブルから飛びおりて、ママみたいにくるくる回りながらこちらに近づいてきて言った。

「ねえ、あなたたち、今夜は私の治療の終了をお祝いしているの。これでなにもかも、おしまいなのよ！」

# 7

　今からちょうど四年前、ママが誘拐された。病院全体にとって、それは大変な衝撃だった。看護スタッフはなにが起きたのか理解できなかった。脱走には慣れっこでも、誘拐となると初めてのことだったのだ。病室内には争ったあとがあり、窓は外から割られていて、シーツには血がついていたのに、だれもなにも見ておらずなにも聞いていなかった。病院の人たちはほんとに困惑していて、それはもっともだとだれもが思った。おかしな仲間たちはすっかり動転していた。いや、普段に輪をかけてってことだけど。なかには驚くような行動に出る人もいた。しわだらけで小柄なハゲ男は自分のミスだと思いこんで、力いっぱい頭をかきむしりながら泣いてすごした。ぼくらはそんな彼を見るのもつらかった。彼は院長室へ何度も自首しに出向いたけど、どう見てもこんな年取った男がだれかを誘拐できるはずがなかった。また別の男はママが彼からのプレゼントを置き去りにしたことにひどく腹を立てて、ママの悪口を言ったり壁をたたいたりしながら叫び声をあげ、最初のうちはそれでおさまりがついていたのが、しばらくするとぼくらの神経を逆なでするほど激しくなった。ママの悪口を言うことで自分の悲しみを見せつけようとするなんて、どうかしてる。彼はついにはママにプレゼントしていた名所の絵を片っ端からやぶったのだけど、これについてはおかげで絵を持ち帰らずにすんだからほっとした。これだけでも病院内はかなりの大混乱だった。ヨーグルトときたら、砂糖がけ事件への仕返しとして自分のシークレットサービスがやったことだと信じこんでいた。ああいうあつかいをぼくにしちゃ絶対にだめだとか、今度またいじめたらおなじ結果になるぞ、反逆者は誘拐されて拷問を受けるんだとか仲間たちに言ってまわった。ふんぞりかえって、心配事がすっかりなくなったみたいに首を伸ばして歩いていた。彼はこの騒動こそが自分の正気を証明すると思い、医師や看護師たちをこっそり味方につけようとしたけれど、ヨーグルトの話をまともに取り合ってくれる人はだれもいなかった。やっぱり、作り話は大きくしすぎたら信じてもらえなくなるのだ。スヴェンはというと、ぼくらを指さしながら楽しそうに自分の上半身をたたき、スウェーデン語とイタリア語とドイツ語で歌を歌いながら、両手を広げて飛行機ごっこをしに行ってしまった。ほんとのところはわからないけどすごくうれしそうだった。それから彼は戻ってきて拍手をし、天に向かって両腕をあげて、歌を歌いながらまた飛んでいった。ぼくらが病院を出る前にはまた近寄ってきて、キスをして前歯一本でぼくらのほっぺたをひっかき、お祈りの言葉をささやきながらつばをまきちらした。スヴェンは患者たちの中でも、とびぬけていいやつだった。

警察にとってもわけがわからない事件だったみたいだ。警官たちは病室に現場検証をしにやって来た。窓はたしかに外側から割られていて、そこにはママの血液がついていた。椅子はひっくり返り、花瓶が割れていることから、流血をともなう取っ組み合いがあったことがわかるものの、窓の下にある芝生に足跡はひとつもなかった。近所の人たちへの聴きこみでもまるで情報はなく、病院スタッフも建物周辺をうろつくあやしい人影なんて見かけていなかった。警察の話では、こうしたスタッフの証言は信ぴょう性がある、なぜなら不審人物を見張るのが彼らの普段のおもな仕事なのだから、ということだった。ぼくらは最初に警察に聴取されたとき、ママに敵がいたかときかれたので、税務調査官をのぞけばみんなに愛されていましたと答えたのだけど、調査官の線はすぐになくなったみたいだ。二度目の聴取でも、まるっきりなんにも情報は出なかった。そりゃそうだ。だって、ママを誘拐したのはぼくらで、ママ本人がすべてを計画したのだから。ぼくらだって、いくらなんでもみずから罪を白状するほどのばかじゃなかった。

食堂でのお祝いのあと、ママはぼくらと一緒に病室にひきあげると、もう病院で暮らしたくないとか、医師たちは完全に治ることはありえないと言ってるとか、薬を永遠にのみつづけなきゃならないなんていや、それがなんの意味もないのならなおさら、とか言い出した。「どのみち、私はずっと少しおかしかったんだから、それがちょっと増えたり減ったりしたって、あなたたちの私への愛は変わらないでしょ？」ぼくとパパはたがいに見つめあって、たしかにママの言い分は良識にあふれていると気づいた。どのみち、ぼくらは毎日の病院通いにうんざりしていたし、決して実現しないママの帰宅を待つことにも、ずっとあいているテーブルの席にも、居間でするべき三人でのダンスがえんえんと先延ばしされてきたことにもうんざりだった。ほかにもごまんと理由があって、このままこんな生活をつづけていくことはもうむりだった。タマネギの皮の色になってる病院の壁のせいで、ミスター・ボージャングルの歌はうちで聴くときとくらべて、音も胸に迫る感情もちがっていたし、マドモアゼル・ツケタシはしょっちゅうソファの前に突っ立って、どうして本を読みながら頭をなでてくれるはずのママがいないのかと考えこんでいた。結局のところ、ぼくは一日中ママとすごせる患者や看護スタッフのことが、ちょっとうらやましかったのだ。ほかの人たちとママをわかちあうなんてもうたくさん、ようするにそういうこと。薬がママの中身をすっかり変えてしまうまでただ見ているだけなんて犯罪だ、ぼくがそう思ったちょうどそのとき、パパが心配そうに、それでいて興奮しながら話しはじめた。

「全面的に賛成だ！　もうこれ以上この病院にきみをだめにさせるわけにはいかない。ほかの患者たちの心の健康にも支障が出る！　もしもきみがこのまま患者たちに刺激と喜びを与えつづけたら、全員があっという間に元気になってきみへの求婚者になり、さすがの私もやきもきしてしまう。問題は、医師に退院を許してもらう方法も、きみの治療を中断させる方法さえも、私にはまったく思いつけないことだ。このうえなく美しいうそ、もっとも壮大なでたらめをこしらえなくちゃならない。もしもうまくいったら、そのうそはまさしく芸術作品になるぞ！」と言いながら、パパは片目をつぶってパイプの穴をのぞきこんでいた。まるでその中に答えがあるみたいに。

「ねえ、ジョルジュ、ちょっと待って！　許可してもらうなんて考えてもいないわ。退院することについても、治療をやめることについてもよ。最高の治療は、おかしな人たちに囲まれることじゃなくて、あなたたちと一緒にいること！　もしもここを出なかったら、いつの日か私はあの窓から身を投げるか、この病室を前に使っていたかわいそうな人みたいに、もらった薬をすべて一度にのむことになる。だけど安心して、そうはならないから。だって、もうなにもかも考えてある……。あなたが思い切って、私をさらっていくのよ！　とっても面白いことになるわ。楽しみましょう！」とママはまくしたて、以前のママみたいにうれしそうに手をたたいた。

「きみをさらう？　それって誘拐するって意味？」とパパは咳こみながら言い、ママの目をもっとよく見ようとしてパイプの煙を手ではらった。

「ええ、そう。家族内誘拐ってこと！　私が練り上げたこの計画で、あなたは芸術作品を手にすることになる。それはそれは念入りにこしらえたうそよ。すでに作戦は立ててあるから、期待して。なにひとつ成り行きまかせにはしないわ！」

と言うママの声は低く、陰謀めいた雰囲気を漂わせ、目つきはいたずらっぽさ満点だった。

「ああ、もちろんだ、きみなら最高の逸品を作れる！　傑作が用意されているはずだ！」うその専門家であるパパは、ささやくように言った。

パパの表情はゆるみ、まるでこのばかげた計画に流される覚悟を決めて、ほっとしているかのようだった。

「計画をくわしく説明してくれ！」とパパは言い、パイプに火をかざした。決心を固めて、生き生きした目をしながら。

ママはほんとに、自分の誘拐をことこまかに計画していたのだ。すでに検査のときに瓶入りの自分の血液をぬすんであった。毎晩の観察をつづけたすえに、午前零時になると玄関の守衛がかならず詰め所から出てきて、三十五分間かけて夜の見回りをし、シーツ置き場でたばこを吸うことも把握していた。当然、この留守中にママは玄関に行き、正面ドアを通ることになる。だけど、ママがどうしても小説の中の誘拐シーンみたいにしたがったので、窓から連れ去られたと思われるようにしなきゃならなかった。パパとぼくは、たしかにその言い分はもっともだと思った。正面ドアを通るなんて誘拐事件として普通すぎる。たとえ薬のことでも、ママはいつもありきたりなものを毛嫌いしていた。やろうと思えば、ママひとりで守衛のいないうちに正面ドアを通ることだってできるだろうけど、そんなことをしたら誘拐とは言えなくなり、計画全体が失敗になってしまう。計画では午前零時まであと五分というときに、ママはシーツに血液をぶちまけて、椅子をそっと横に寝かせ、枕で音を消しながら花瓶を割り、窓を開いて、音がしないようにぞうきんを使って外側からガラスを割り、何者かが侵入したと思わせる予定だ。ぼくらは午前零時五分にストッキングを頭にかぶって病院に入り、同意のもとでの誘拐を病室でおこない、正面ドアから落ち着いて、抜き足差し足で抜け出すことになる。

「たしかに見事なまでに練られた計画だけど、きみはいったいいつ誘拐されるつもりなんだ？」とたずねるパパの目つきがぼんやりしていたのは、たぶん作戦の展開を頭の中で思いえがこうとしていたからだろう。

「今夜よ。なにもかも準備できているのにどうして待たなきゃいけないの？　私がパーティーを気まぐれに開いたと思った？　あれは退院祝いパーティーなんだから！」

ぼくとパパは家に帰ると、計画全体を数回練習しながら、お腹の底から不思議な感情がわきあがるのを感じていた。不安ではあったけれど、ついついわけもなく笑ってしまった。頭にストッキングをかぶると、パパは見たことがないほど鼻がねじまがり、唇もゆがんで、なんだかよくわからない顔になり、ぼくのほうは顔がぺしゃんこにつぶれて赤ちゃんゴリラの顔になった。マドモアゼル・ツケタシは顔をぼくに向けたりパパに向けたりしながら、なにが起きているのか理解しようとし、ぐいっと頭を低くして下からぼくらを見上げたけれど、見るからに事情がのみこめていないようだった。出発の前にパパがたばことジン・トニックを手渡しながら、いかにも誘拐を実行する前のギャングみたいだな、とぼくに言った。それで二人ともソファに腰を下ろして、パパはパイプをふかし、ぼくはたばこをふかして、それぞれのカクテルを飲んだ。集中力をたもつために一言も口をきかず、顔も見合わさないままで。

車に乗りこむときのぼくは千鳥足になっていた。口はからから、のどの奥にはゲロのにおい、目はひりひりと痛んでいたけど、いつもよりはるかに自分が強くなった気がして、どうしてパパがスポーツをするときにジン・トニックを飲むのかわかった気がした。ぼくらは病院の近くまで来ると、街灯から離れたところに車をとめてエンジンを切り、にっこり見つめあってからすばやくストッキングをかぶった。ストッキング越しでも、パパの目がきらきらと光っているのがうっすら見えた。病院のドアを押すというときになって、パパのストッキングが鼻のあたりでさけてしまい、どうにかしようといじくり回したところ、今度は耳が片方ぽろりと出た。パパは声を殺して神経質に笑いながらストッキングをいじりつづけたけど、さけ目はどんどん広がるばかり。結局、もうかぶっていないも同然になってしまい、パパはそのあとずっと片手で後頭部をおさえつづけるはめになった。ぼくらは守衛の詰め所の前をこっそりと跳ねるように通り、それからつま先立ちで廊下を走って、曲がり角まで来た。角を曲がる前にぼくらは壁にぴたりとはりつき、パパがそっと顔をつきだして向こう側に人がいないかどうかたしかめた。上半身を大げさに動かし、顔をあっちこっちに向けるパパがあまりにおかしくて、ジン・トニックを飲んだせいもあってか、ぼくは集中力をたもてなくなってきた。場所によっては壁に、ゆれながら進むぼくらの影が落ちて、ちょっとおそろしかった。階段室のドアの前まで来たとき、四方八方に動く懐中電灯のまるい光が目の前の壁にあらわれて、足音が近づいてきた。ぼくの体が固まって足が床から離れなくなったので、パパはぼくのえり首をつかんで持ちあげて廊下のすみまで運んでくれた。暗がりに身をひそめて、すぐ目の前を守衛がこちらに気づかないまま歩いていくのを見つめていたちょうどそのとき、のどの奥にこみあげてきたのはゲロのにおいどころではなく、ゲロそのものだった。吐かないように必死に声も出さずに我慢したのは、なによりも、そのまま吐いたらストッキングの中に全部たまってしまうとわかっていたからだ。足音が遠ざかるまでじっと待ったあと、ぼくらは階段まで死にものぐるいで走った。階段をのぼるとき、ぼくはジン・トニックと恐怖のせいで飛んでいるような心持ちになって、二階でパパを追い越したほどだ。三階に到着して目の前のドアを開けるとすぐに、荒れはてた病室の乱れたベッドでぼくらをおとなしく待つママが目に入った。ママも頭にストッキングをかぶっていたけれど、髪がボリュームたっぷりだから、クモの巣に包まれたカリフラワーみたいな巨大な頭になっていた。

「ほら、私の誘拐犯さんたちが来た！」とママは言いながら立ちあがった。

でも、ぼろぼろのストッキングをかぶったパパの顔を見たとたん、ママはささやき声でまくしたてた。

「なんてことなの、ジョルジュ。ストッキングになにをしたの？　顔がまだらになって見える！　もしもだれかにこんな顔を見られたら、すべてが台無しじゃない！」

「いや、鼻が言うことを聞かなくてね！　文句をつけるのはよして、きみの騎士にキスしてくれないか？」とパパは言ってから、ママの手をとって引き寄せた。

ぼくは周りがよく見えていなかった。しゃっくりは出るし、眉からは大粒の汗がしたたって目にどんどん入っていたし、ほっぺたときたらストッキングでむずがゆくなっていた。

「この子ったらすっかりへべれけじゃないの！」千鳥足のぼくを見て、少しぎょっとしたママが言った。

それから、ママはぼくを抱きしめて、ついばみながら言った。

「ほら見て、酔っぱらってママを誘拐しに来る小さな悪党さん、なんてかわいいの！」

「完璧だったぞ。本物のアルセーヌ・ルパンだ、少なくとも行きは。帰りは手を引いてやらなきゃいかんだろう。どうやらジン・トニックがまずかったらしい」

「急いで逃げましょ。自由は二つ下の階にあるのよ」とママは小声で言いながらぼくの手を握り、もう片方の手でドアを開いた。

ところが、ドアの向こう側にはスヴェンがいた。ぼくらとばったり出くわした彼はすごい勢いで十字を切った。パパが口の前に指を一本立てると、スヴェンも指を立てて、すっかり興奮した様子で何度もうなずいた。ママはスヴェンのおでこに優しくキスをして、スヴェンは前歯に人差し指を当てたままでぼくらを見送ってくれた。ぼくらは急いで階段を駆けおり、曲がり角まで来るとまた壁にはりついた。パパが上半身や顔をきょろきょろ動かしはじめると、ママがそっと耳打ちした。

「ジョルジュ、ばかなまねはよして！　私はおしっこしたいの。もしもここで笑わせられたら、服の中にもらすことになるから」

それで、パパは腕を大きく動かすだけにして、先の廊下にはだれもいないとぼくらに教えてくれた。廊下では両親がぼくの腕を片方ずつかかえてくれたので、ぼくは車までの道のりをほとんど着地せずに通過した。

うちへ向かう車の中は上を下への大騒ぎだった。パパはハンドルを太鼓代わりにして歌を歌い、ママは笑いながら拍手をし、ぼくはというと、ずきずきと痛むこめかみをさすりながらすべてを見ていた。ひとまず病院から遠ざかると、パパはジグザグ走行で何度も円形交差点に入ってはクラクションを鳴らしながら一周したので、ぼくはジャガイモの袋みたいに後部座席ですべって、ほんと、しっちゃかめっちゃかの大騒ぎになった。家につくと、パパは冷蔵庫からシャンパンを取り出し、派手にまきちらすために何度もふってから開けた。病院みたいに陰気なアパルトマンだけど、それでもやっぱりわが家っていいわね、とママは言った。首をふくらますマドモアゼルの頭をなでながら、ママは計画のつづきをぼくらに説明し、のどをうるおすためにがぶがぶとシャンパンを何杯も飲んだ。

「事態が落ち着くまでのあいだ、私はホテルで暮らす。誘拐された人が何事もなかったみたいに自宅から出てきたら、ほんと軽率だもの。あなたはこのうえなく美しいうそを、警察向けに、病院向けに、ようするに質問をしてくる人全員に通じるものになるよう、練っておいて」とママは真剣な顔つきで説明し、グラスをお祝いのボトルのほうへ聖杯みたいにさし出した。

「うそについてはまかせてくれ。きみの前にいるのは経験豊かな男たちだ！　だけど、捜査がすんだらどうするつもりだ？」とパパは言いながら、ボトルの最後の残りをママのグラスにそそいだ。

「すんだら？　冒険がつづくのよ！　誘拐は終わっていない。これからの数日間、捜査はまったく進展しないはずよ。そのあとで、私たちはスペインのお城に潜伏しに行く。こういう状況だと飛行機はむりだから、車をレンタルして国境まではこ裏道を走り、それから猛スピードで山の中の私たちの隠れ家までぶっ飛ばして、以前の生活を取り戻す。簡単な話よ」とママは言い、ぼくらと乾杯するためになんとか立ちあがろうとした。

「なるほど、本当にすべてを考えてあったんだね！　まったく、きみは病院でなにをやっていたんだか！」とパパは言ってから、ママを引き寄せてぎゅっと抱きしめた。

ぼくはシャンパンと脱走の興奮のせいで急な眠気におそわれて、両親が気持ちのこもったスローダンスを踊るのを見ながらソファで眠りこんだ。

ママとその誘拐犯の捜索がされているあいだ、ぼくらは警察に被害の届け出をし、病院に立ち寄ってママの身の回りの品を引き取ったり悲しげな雰囲気を見せつけたりして、その合間に汚いプチホテルに行っては、住人の売春婦たちが叫んだり笑ったり、ときには同時に両方をする建物の一室でママに会った。ママは部屋を借りるために偽名を使っていた。

「リバティ・ボージャングルなんて、血眼になってさがされている人が使う偽名にしては派手だね！」とパパは言い、からかうような笑みをほっぺたに浮かべた。

「その逆よ、ジョルジュ、なんにもわかってないのね！　売春婦だらけのホテルではアメリカ風の名前ほど控えめなものはないんだから。それじゃあ、私と出会う前にはなんにも経験がなかったんじゃない？」とママは答えながら体をゆすり、片手を腰に当て、もう片方の手の人差し指を歯でくわえた。

「リバティ、きみと一緒だと毎日が新しい出会いになる！」とパパは言いながら、ポケットから紙幣を取り出した。百フラン札三枚のうち一枚を、外で遊んでおいでとぼくに渡してから、パパはママに向かってたずねた。

「おいくらかな？」


出発の日の朝、パパがレンタカーで来るのをママと一緒に待ちながら、天気やお客について売春婦たちとおしゃべりしていると、あちこちが光り輝いている大きな年代物の車がやって来るのが見えた。ボンネットの先端では銀色の小さな女神の立像が翼で風を受けていた。車から降りてきたパパはグレーのスーツ姿で制帽をかぶっていた。

「ミス・ボージャングルにご乗車いただければ、光栄に存じます」とパパは完全に失敗しているイギリスなまりでおおげさに言いながら、後部座席のドアを開けて、優雅にお辞儀をした。

「まあ、ジョルジュ、どうかしてる！　すごく目立ってるじゃない！」とママは言い、頭にかけていたセレブ風の大きなサングラスを下げてから、いかにも逃亡者っぽいスカーフを巻き直した。

「その逆ですよ、ミス・リバティ。あなたはなにもご存じない。逃避行はうそとおなじ。大がかりであればあるほど成功するのです！」とパパは言って制帽を持ちあげ、かかとを鳴らした。

「あなたの好きなようにして、ジョルジュ、好きなように！　だけど、私はトランクに隠れて国境を越えてみたかった！　まあいいわ。あなたのほうが正しいのかも。こういうやり方も面白いかもしれないし」とママは譲歩して、リムジンを取り囲んで口笛を吹いたり拍手をしたりしている売春婦たちに片手をふってこたえた。


車に乗ると、パパはぼくに子供用の水兵服を投げてよこした。ものすごくおかしなポンポン付きの帽子もあった。最初のうち、ぼくがどうしても着ようとしなかったので、パパはぼくを説得しようと、アメリカの大金持ちの子はみんなそういう格好なんだぞ、パパだって変装してるじゃないか、もしもおまえが一緒に演技をしてくれなかったらきっと警察に見つかってしまうと言った。それで、ぼくが衣装を着ると、両親ときたら大笑いしだした。パパは満足げにバックミラーの中のぼくを見つめ、ママはぼくのポンポンをつまみながらうっとりして言った。
「これこそ並外れた暮らしね。昨日はギャング、今日は水兵だなんて！　ほら、そんな顔しない。同級生だった子たちのことを考えて。まちがいなく、今のあなたをうらやましがるわよ。アメリカのスターと一緒に、運転手付きのリムジンに乗ってるんだから！」

ぼくらは幹線道路を通って南下していった。パパが言うには、これだけ変装をしていればわざわざ裏道を行かなくてもいいってことだった。おかげでぼくらを追い抜くトラックも乗用車もみんなクラクションを鳴らし、大人たちはウインドーの向こうで手をふり、子供たちは後部座席でこちら側のウインドーに鈴なりになった。すぐ横を通りすぎた警察車両が三台もあったけれど、警官たちでさえ親指を立ててあいさつしてきた。パパはほんとに逃避行の天才だなと、ぼくは思った。パパが言ったとおり、逃亡は大がかりであればあるほど成功するのだ。ママはシャンパンを飲みながらたばこをふかし、追い越していくドライバーたちにあいさつしながら言った。

「ほら見て。この生き方、この観客たち！　私は一生これでうまくやれたでしょうにね、世界で一番有名な名無しとして！　ジョルジュ、スピードを上げてちょうだい。前を走っている人たちにも、あいさつできる機会をあげなくちゃ！」

七時間のけたたましい逃避行のあと、ぼくらはその夜の宿にするホテルで車をとめた。パパは大西洋を見下ろす高級ホテルのスイートルームを予約していた。

「きちんと考えておいてくれたのね。もちろん部屋は二つで、ひとつは息子と私の部屋、もうひとつはあなたの部屋なんでしょうね、すてきな運転手さん」とママは言い、どこかの有名人みたいにうれしそうにドアを開けてもらった。

「もちろんです、ミス・ボージャングル。あなたのようなスターは使用人とひとつの部屋を使わないものです」とパパは言って、荷物を引きずり出すために車のトランクに頭をつっこんだ。

ロビーに入ると、ホテルの客たちがみんな素知らぬふりをしながらこちらをぬすみ見たので、ぼくはむっとしながら、きっとこのホテルで水兵服を着たアメリカ人の金持ちの子を目にするのはずいぶんと久しぶりなんだろうと思った。

「ミス・ボージャングルとご子息のためのスイートルームを。それから、運転手のための部屋をお願いします」と言ったパパはその場に合わせて、下手なイギリスなまりをやめていた。

パパに水兵服のうらみをぶつけたかったぼくは、エレベーターのドアが開いたときに本物のアメリカ人カップルがすでに乗っていたので、ここぞとばかりにうちの運転手に話しかけた。

「ほらね、ジョルジュ。エレベーターは満員じゃないか。迷惑にならないようにおまえはスーツケースを階段で運んでくれ」

パパの完璧にひきつった顔の前でドアはぴしゃりと閉まった。アメリカ人たちはぼくの堂々としたふるまいに感心していた。ママがおまけに言った。

「正しい判断ね、坊や。最近の使用人はなんでも許されていると思ってる。神は礼儀作法について深くお考えになったからこそ、召し使いのためには階段をおつくりになり、私たちのためにはエレベーターをおつくりになられた。そのあたりは気をつけて一線を引いておかなくてはね」

アメリカ人にはきっとちんぷんかんぷんだったろうけど、それでも彼らはさも同感ですって顔をしていた。ぼくらはパパをスイートルームの前で待ちながら大笑いした。パパは息を切らし、汗びっしょりであらわれ、制帽なんて後ろ向きになりながらも、にっこりしてぼくに言った。

「こら、この借りは返すぞ。トランクをかかえて三階もあがったんだ。おまえには一年中その水兵服を着てもらおう」

だけど、パパがほんとにそんなことをさせやしないことは、ぼくにもよくわかっていた。パパはちっとも根にもたない性格だったから。


夜になってホテルのレストランに入ったぼくは、ここは昨日までのホテルより面白くはないけど快適だね、でもこれで売春婦がいたらもっとすごくくつろげるし、にぎやかになるのにと言った。するとパパは、ここにだって売春婦はいるんだがもっと控えめで利口だから、風景に溶けこんでいるんだよ、と答えた。夕食を始めてからも、ぼくはその隠れた売春婦を見つけようとして窓の向こうの水平線にずっと目をこらしていたものの、うまくいかなかった。ぼくらとは大ちがいで、彼女たちは見つからないことにかけては一枚も二枚も上手なのだ。家族がまたそろったお祝いに両親が全メニューを注文したので、テーブルからはみ出そうなぐらいに、あぶったオマールエビ、貝などの海の幸の盛り合わせ、ホタテの串焼き、きんきんに冷えた白ワイン、にごりのあるロゼワイン、サーベルで開けたシャンパン、朱色の赤ワインが並び、給仕たちはミツバチみたいにぼくらの周りを回った。店内にいただれもこんな食事風景を見たことがなかっただろう。店の人はぼくらのテーブルにロシア人ミュージシャンたちを寄こしさえした。ママは椅子の上に立ち、星のような照明とたわむれ、バイオリンとウォッカの猛烈なペースに合わせて髪をふりまわしながら踊り、一方でパパは冷静に拍手をして、背筋をぴんと伸ばし、いかにも本物のイギリス人運転手みたいにふるまっていた。ぼくのお腹はみるみるうちに大きくなった。ぼくはどこにフォークを刺せばいいのか、どうしたら頭がぐるぐる回るのをとめられるのかわからなくなっていた。食事の終わりごろ、あちこちに星や売春婦が見えるようになり、ぼくが幸せに酔いしれていると、おまえはアメリカ人水兵みたいな酔っぱらい方をするんだな、と運転手が言った。ぼくらは逃亡者にしては、ずいぶんと乱れ放題の足跡を残していた。

廊下でママはぼくにワルツを踊らせようとして、つま先でハイヒールを天井まで飛ばし、ぼくのポンポン付き帽子をうばいとった。シルクのスカーフがぼくの顔をなでた。ママの手はやわらかくてほんのり温かく、ぼくにはママの呼吸音と、ひとりでニヤニヤしながらついてくるパパのリズミカルな拍手しか聞こえなかった。ママはかつてないほど美しくて、ぼくはそのままダンスをつづけてもらえるならなんだってさし出しただろう。スイートルームに入って羽毛布団にうずもれていると、だれかが体に腕をまわしてくるのにぼくは気づいた。酔っぱらって眠りこけたぼくをこっそり移動させようというのだろう。翌朝、目覚めてみるとぼくはパパの部屋にひとりきりで、両親はスイートルームで疲れた顔をして朝食の席についていた。一目でわかった。夜のうちに使用人と雇い主はたがいを認め合い、いろんなことがごちゃまぜになり、もう序列なんてない関係になっていたのだ。

ホテル代を精算するママを見つめながらパパがやたらと咳をしたあと、ぼくらはホテルを出て、雨の降る中、松の木にふちどられた一直線の、どこまでもつづく道を車で進んだ。前夜のお祝いのせいでママはアメリカのスターとしてふるまう余力がなくなったらしく、車に追い抜かれるたび、頭をかかえてうめくように言った。「ジョルジュ、お願いだから、静かにさせて。ハンマーでなぐられたみたいにクラクションが響くの。あの人たちに言って。私なんて虫けらで、だれでもないんだって」だけど、パパはどうにもできず、後ろの車を引き離そうとしてアクセルを踏めば、もちろん前を走る車にすぐに近づいてしまい、解決策のない問題を前にしてママはいらだちはじめ、今にも爆発しそうだった。ぼくは松の木がひたすら飛びさっていくのを眺めながら、必死で頭をからっぽにしておこうとしたものの、簡単ではなかった。先に進むことでぼくらは以前の暮らしを取り戻せるはずだけれど、以前のものをすべて置いてきたせいで、これからのことをうまく想像できなかった。松の森を抜けて、ひたすらカーブを回りながら山をのぼりはじめると、ぼくはもう一度、必死になって吐くまいとがんばったものの失敗してしまい、そんなぼくを見ていたママも吐いて、そこらじゅうが汚れてしまった。国境の検問所につくころには、後部座席のママとぼくは二人とも青ざめてがたがたふるえて、運転席のパパはスーツの色みたいに陰気な顔つきになっていた。姿を見られないようにウインドーは全部閉めきっていて、車内には食べてもいない乾燥ニシンのにおいが充満していた。さいわい警官も国境警備隊員も姿がなく、ぼくらを検問するような人はだれもいなかった。パパが言うには、偉い人たちが合意して、「単一市場」になったおかげでぼくらは面倒なことにならずにすんだということだったけれど、どうしてそんな変わった市場が検問所で開かれているのか、ぼくには理解できなかった（EUの単一市場のこと。域内では人・モノ・資本などが自由移動できる）。運転手になっても、パパはときどきわけのわからないことを言った。

ぼくらは国境検問所で、最後の心配の種とも、フランスの山並みに引っかかった雲とも、さよならした。海に向けてまた南下すると、スペインは輝く太陽でぼくらを出迎えてくれた。ゆっくりと車を走らせながら大きなウインドーを下げ、恐怖と乾燥ニシンのにおいを追いはらい、ママの手袋と灰皿でぼくらのゲロをくみ出した。

〈水兵と映画スターのねばつく口の臭いを消すために、コスタブラバ海岸で車を停めて、道端のローズマリーとタイムを摘みとった。オリーヴの木の下に座り、青ざめた顔を日に当てながら笑ったりお喋りしたりしている二人を見ていると、私は自分がこんな大それた行いをしでかしたことを決して後悔しないだろうと思った。これほど美しい光景が、あやまちや間違った選択の結果であるはずがない。こうも完璧な輝きが後悔をもたらすはずがない。決して〉

パパが秘密の手帳に書きこんでいたこうした言葉を、ぼくが読むのはもっとずっとあとのことになる。

# 8

ヒステリー、双極性障害、統合失調症といった専門用語をありったけ、医師たちは彼女に浴びせた。彼女を陰気な建物に閉じこめて、大量の薬で化学的に束縛し、ヘルメスの杖の印が押された一枚の強制入院令状に、精神錯乱を理由にして縛りつけた。私たちから彼女を引き離して、患者たちの中に放りこんだ。私があれほど恐れていたことが到来した。起こり得ないと心の底で思いたがっていたことが、炎と黒い煙をしたがえて私たちに襲いかかってきた。その炎と煙は彼女みずからが絶望を焼きつくそうとアパルトマン内に広がらせたものだった。幸せな日々がつづくうち、私は例のカウントダウンへの警戒を怠っていたが、それが今、故障しておかしくなった目覚まし時計のように、鼓膜から血が出るほどのたえまない大音量を流す警報器のように、鳴りはじめたところだ。耳をつんざく音声が私たちに告げている、今すぐ退去しなさい、パーティーは急きょ終了となりました。と。

　とはいえ、私たちの息子の誕生の際に、コンスタンスは金切り声をあげながら分娩するついでに、過激で大胆な行動をとる一面を体の外に排出したようだった。産着に包まれたばかりの赤ん坊の耳にお祝いの言葉をささやき、母親としてごく自然な歓迎の言葉を口にする彼女を見て、私は心を浮き立たせるこの美しき平凡さ、正常さにほっとしている自分がいることに気づいた。私たちの子供が赤ん坊でいるあいだ、彼女の突飛さは控えめになった。完全に消えたわけではなく、いつだって自分なりの理屈をふりかざして奇抜なふるまいをしかねなかったが、それが大騒ぎに、重大な結果につながることはなかった。やがて赤ん坊は幼児になり、おぼつかなく歩いてばぶばぶ言う試行段階から、あっという間に実際に歩いて話すようになった。学んで繰り返す小さな存在だった。彼女は息子に、誰に対しても丁寧な話し方をするようにと教えた。というのも、くだけた話し方をしていてはすぐさま人にいいように操られてしまうというのが彼女の持論だったからだ。丁寧語は人生における最初の防御壁になるし、全人類に対して示すべき尊敬のしるしにもなるのよ、と彼女は息子に話した。こうして私たちの息子は誰に対しても、店員にも、私たちの友人にも、お客にも、ヌミディア出身のマドモアゼルにも、太陽にも雲にも道具にも、あらゆる物質に対して丁寧な言葉遣いをするようになった。彼女は息子に、大人の女性に対しては褒めちぎりながらうやうやしくお辞儀をするようにと教えた。同じ年頃の女の子たちにはキスで敬意を示しなさいと教えると、街の通りや公園での散歩は楽しくも時代がかった雰囲気になった。息子が砂場を離れて小走りに少女たちの手を取りに行き、手に何度もキスをして少女たちを仰天させるのを眺める羽目になった。百貨店では常連客たちが買い物リストのことをすっかり忘れてうつろな眼差しで私の息子の姿を追い、うやうやしくお辞儀をして手の甲へキスをする彼の姿をじっと見つめるのを、私たちは目の当たりにするようになった。子連れの母親たちは私の息子の行動を見てからふり返り、ショッピングカートの中に座っている、ビスケットのくずだらけの口をぽかんと開けた自分の息子と顔を見合わせながら、いったい今何が起きたのか、自分の子供はハズレだったのか、それともあの子のネジがはずれているだけなのかと考えているようだった。

息子からあらん限りの尊敬の念を捧げられるようになり、彼女はうっとりするあまり、時として息子を驚かせようと突飛なことをしたものだ。休み時間に子供が仲間うちでやる格好つけ、向こう見ずな挑戦、あるいは目立つためだけにやる芸当を、母親と息子が一緒になってやったのだ。二人は互いに相手から笑いや賞賛を引き出そうとして、大胆さや独創性で競い合い、わが家の居間を解体現場に、体育館に、造形芸術のアトリエに変え、二人してとび跳ね、燃やし、描き、叫び声を上げ、すべてを汚して、毎日を無謀なことの寄せ集めにした。息子は母親の前で強がり、ふてぶてしい態度で言ってのけた。

「ママにはうまくできないんじゃないかな。だって、すっごく危険なんだ。今のうちにあきらめたほうがいいよ。そしたら、もうぼくの勝ちだから！」

「そんなわけがないでしょ！　絶対に私はあきらめない！」と彼女は言いながら、ソファの上で最後の跳躍をして居間のテーブルを飛び越え、安楽椅子に着地した。息子の拍手喝采を浴びながら。

マドモアゼル・ツケタシに対しては息子もまた、胸を打つほどの愛情を抱くようになり、一時期は翼一枚分も離れないほどだった。同じような歩き方をしながらどこにでもついて行き、首の動きを真似して、立ったまま眠ろうとしたり同じ食事をとろうとしたりした。ある夜、私たちは息子とマドモアゼルがキッチンでイワシの缶詰を分け合い、オイルまみれの床を苦労して歩いているところを見つけたこともあった。息子は自分の遊びにマドモアゼルを参加させようともした。「ねえ、パパ。マドモアゼルったらなんにもわかってくれない。ほんと、ルールがわからないみたい。鳥の言葉をぼくに教えて。そしたら、遊び方を説明してあげられるから！」と彼が私に頼むあいだにも、鳥はボードゲームを踏みつけていた。

「手と目と心で話してごらん。なんと言っても、それが最高のコミュニケーションの取り方だ！」と答えた私は、まさかそれから何週間も息子が片手を左胸に当てて、もう一方の手で鳥の頭をつかみ、目を見開いて瞬きもせずに鳥の目の中をのぞきこむことになるとは思ってもいなかった。

　そして私はといえば、この混乱の中でサーカス団長という役割を引き受けて、小さな飾りのついたフロックコートに袖を通し、欲望や競技会、羽目を外したパーティーや気まぐれの演出担当となり、常軌を逸した芝居の指揮を杖の一振りでとろうとした。一日たりとも奇抜なアイデアの山がない日はなく、夜は必ず行き当たりばったりの夕食か、あるいは準備なしのパーティーになった。私は仕事から帰宅して、階段の前で古くからの友人の元老院議員に出くわしたことがあった。彼は汗みずくで胸をはだけて、木箱に入ったワインと、花束か仕出し屋の包みかわからないものを抱えていた。

「上はえらいことになってる、暴風雨警報だ！　レインコートを着ておけ。今夜はびしょ濡れになるだろうからな！　これはえらく楽しいことになるぞ！」と彼は楽しげに言った。

そして私は踊り場でお客たちを迎えている息子を見つけた。下手なあごひげが描かれた顔で、片方の目には眼帯をして、もう片方の目を誇らしげに光らせ、海賊帽をかぶって木製の義足で楽しそうにひょこひょこ歩いていた。居間では私の妻がふんわりしたハーレムパンツをはいて、豊かな胸元を飾るどくろのタトゥーを見せびらかしながら受話器をつかんでいた。すでに乗務員は全員酔っ払っているが、救援の船団がまもなく接舷して、船倉をからっぽにしてくれるだろう、と誰かに告げているところだった。

「これにて失礼。船長が今、到着しましたので。どうぞ早めにいらしてください。さもないと、ラム酒がなくなってしまいます！」

パーティーのあいだ中、私たちの息子は寝ずに、踊ったりボトルの栓を抜いたり、カクテルの作り方を覚えたり、クズと一緒になって、ソファで眠りこんでいるお客たちに仮装や化粧をさせて写真に収めたりしていた。クズが部屋から裸で飛び出して来て、ウォッカの大樽の中で溺れ死にたいと叫んだときには、息子は腹を抱えて大笑いした。二人はぐるになって巧妙な作戦を練り、クズが部屋に連れ込みたい女性を次々と口説き落とそうとした。クズは目下の本命が誰かをこっそりと息子に伝えて、その女性の周囲にずらりとカクテルを並べるように指示し、アルコールの配合を全種類味見してみませんかとあどけなく言いに行かせた。すると、女性たちは息子をがっかりさせたくなくて、誰も断らなかった。女性たちが〈食べ頃〉になったのを見計らってクズが現れ、その横に座り、自分の権力や大統領との付き合いについて語り、これほどの大物と友達になったらどんな得があるか並べたてた。そして、クズは女性たちを連れて寝室に入り、いくばくかの責任とわずかな名声を分かち合った。夜になると、息子は自分も自立するべきときと考えたのか、私たちと一緒に使っている寝室に美しいお客を誘い込んだ。彼はシャツのボタンをはずし、小さなズボンを脱ぎ、ミニサイズのトランクスを投げ捨てて、すっかり魅了されている若い女性の前で、自分のベッドに裸で飛びこんでいった。女性はかすかに得意になりつつも、少し面食らっていた。

当たり前の話だが、こうした状況だと、かわいい息子の教育については何一つ思っていた通りにならなかった。彼は恋人と一緒の夜をすごし、大人たちの会話に加わり、ときには壮大なスケールの議論、あるいは啓示を得た酔っ払いの情熱的な演説の場に参加していたので、学校での一日はかなり色あせて、平凡極まりなく見えるようだった。いや、一日というよりは午後と言ったほうがいい。なにしろ、そんな夜をすごしたあとだから、私たちはほとんど毎朝息子を遅刻させてしまっていたのだ。パーティーの翌日、マリーヌと私が青ざめた顔にサングラスで目を隠して現れ、連日の欠席の言い訳をしようとして馬鹿げた嘘をつくと、担任の女性教諭は愕然《がくぜん》とした様子で私たちを見た。そしてある日のこと、担任は怒り狂って私たちに言い放った。「ここは学校です。水車小屋のように出入り自由ではありません！」これに対して私の魅力的な妻は不意に一万ボルトの電流が流れたかのようになり、遠慮ない態度で言い返した。

「それは本当に残念。なぜって、ほら、少なくとも水車小屋なら何かの役に立ちますもの。この学校はあの子の役に立っていません。昔ながらの子供文庫を授業で使っているようですけど、それでは大したことは学べません。あの子は私たちと一緒にいれば、夜には美しい言葉を耳から学び、書店の店主たちと新刊書について話し合い、外交官とは世界情勢について議論し、友人の元老院議員とは〈ほろ酔いの子猫ちゃん〉を一緒に追い回し、世界的規模の銀行家と課税政策や国際金融について話し合って、庶民の女性から侯爵夫人たちまで口説いてめろめろにできるというのに、先生は私たちに時間を守れとおっしゃる！　まったく、何をお望みなんです？　うちの子に公務員になれとでも？　私の息子は辞書を三度も読破した博識な夜の鳥なのに、それを先生は退屈の黒い潮だまりでもがく油まみれのカモメに変えたいんですね！　そんなことだから、あの子は午後にしか学校に来ないんです！」

私はそんな彼女を眺めて楽しんでいた。彼女が作り笑いをしながらサングラスを鼻のほうに下げ、議論の流れを思い切りずらしているあいだ、息子は担任の周りをぐるぐる回り、博識な夜の鳥が持つ想像上の翼で風を起こしていた。この何度目かの小競り合いのち、私ははっきりと悟った。息子の学校生活は余命いくばくもなく、このまま自由な自宅教育とお仕着せの学校教育の両立をしながら、義務教育期間をまっとうすることはできないだろうと。

息子はこれがゲームだと思っていた。たいていの場合、彼は母親の姿を笑いながら見て、またママがわざとおかしな人の演技をしているんだと考えた。息子がゲームだと思っている以上、私としても驚いたり悲しんだりしていないふうを装った。ある晩、コレットが一日中静かに読書したあとに眼鏡を押し上げて、真剣な顔つきで目を見開き、不安げな声で言ってきた。

「ねえ、ジョルジュ。お願いだから教えてちょうだい……。理解できなくて怖いの……ジョセフィン・ベーカーは戦時中パリにいなかった。だから、あなたは彼女に出会えたはずない！　どうしてあんなたわごとを私に信じこませたの？　あなたが私のおじいちゃんなわけがない。この伝記にはっきりと書かれてる。この本の日付に間違いがあるのか、それとも、あなたの話が嘘の塊だったのか！　すべてが無理、不可能！　あり得ないの、間違いなくあり得ないの！　私にはもう名前がないっていうのに、この本に血縁関係まで奪われてしまった。あなたが本当に私の夫だってどうやったら確信できる？　あなたがドラキュラに会えたはずがないとわかるような本を、私はいつか読むことになるの？」

声には狼狽《ろうばい》の色が濃かった。このときばかりは彼女の言い分に想像力はみじんもなく、残念なほどの生真面目ぶりが私にもわかった。彼女の目は崩れつつある自分の世界を内側から観察するために輝きを失っていて、私のほうは足もとで床板が崩れていくような感覚に襲われていた。私たちの息子が紙にでたらめの家系樹を落書きしはじめてけらけらと笑っているのに、コレットはまるで道端で知らない人に向けるような、以前見かけた気がするだけの他人に向けるような目で私を見ていた。私のほうへ指を一本伸ばし、口を開いて眉をひそめ、今にも私を呼び止めて、迷子なのと言ってきそうだった。コレットは頭を軽く揺すり、秘密の呪文らしき言葉をもごもごとつぶやいた。すべてを元の位置に戻し、理性を取り戻すために、頭をそっと揺らした感じだった。

「少し横にならなくちゃ。疲れ切ってしまったわ。あなたがでたらめな話で私をだますから！」と彼女は言ってから、首をかしげて、自分の左手の親指が右の掌《てのひら》をもむのをじっと見下ろしながら寝室に歩いていった。

「それで、ママは誰のふりをしてるの？　おばあちゃん？　ねえ、ジョセフィン・ベーカーはぼくのひいおばあちゃんなの？　家系樹を描いてるから説明してほしいんだ。だって、人が数人だけで枝がほんの少しの家系樹なんておかしいよ！」と私たちの坊やは鉛筆を噛みながら言った。

「いいか？　スーゾンは想像力がたくましいから、なんでもゲームにしてしまうんだ。たとえ家系のことでもね。だけど、家系樹について言うと、きみのママはたった一人で、根っこでも葉でも枝でも梢《こずえ》でもある。そして私たちは庭師で、この木が立ちつづけられるように、倒れることがないようにするのが役目なんだ」と私が訳のわからないたとえを無理して熱く語ると、息子は本当のところではわからないままに自分の使命を半信半疑で受け入れてくれた。

火災のあと、私はもう芝居を演じられなくなった。いくら彼女が満足げだろうとも、あれだけの炎、煙、消防士の集団、最愛の女性の肩についた焦げたビニールといった悲しいことすべてを、悪ふざけの結果とは言っていられない。私は息子が彼女に金色の保温シートをかけてやるところを見つめた。息子は丁寧にシートを肩のところまで引き上げて、溶けたビニールの塊や薄く積もった灰を隠した。息子がシートを引き上げたのは、何の心配もない子供時代が煙となって消えたことを示す焼き印を隠すため、目にしないため、今後も見ないようにするためだった。息子は試練の中で、冷静さと勇気を大いに発揮し、母親が警察に事情聴取されたり、医師に一連の検査をされたりしているあいだも真面目で真剣そうな態度をたもっていた。一度たりとも怖じ気づくことはなく、堂々とした思慮深そうな顔を涙が一粒たりとも伝うことはなかった。苦悩を感じさせる唯一のしるしは、きつく握った小さなこぶしをポケットの底に突っ込んでいる、ぴんと伸びた腕だけ。状況について話すときの顔つきは真面目で、真剣なままだった。

「すごいことになったけど、解決策は見つかるよね、パパ！　このままママがいなくなったら、ぼくたちはやってけない！　こんなくだらない面倒ごとの尻には一発ケリをくらわしてやらなくちゃ！」母親が入院させられると知ったそんなときでも、息子は宙を蹴ろうとしてはずみをつけながらそう言った。

帰りの夜道、父子二人で家路をたどっているとき、私は息子の言葉の正しさに気づいた。現状では理性の尻を蹴とばす他に道はない。息子がひどい現実に直面して落胆しないように私は、いつかママは戻ってこられると言ったが、医師からは正反対のことを告知されていた。彼女は決して外に出られるようにはならず、病状は徐々に悪化していき、彼女の前途には、本人いわく「あの陰気な建物」しかないらしい。他の人に害がおよばないように、ママはあそこで死ななくちゃいけない、と私は息子に告げずにいた。春の美しい夕べに息子の手を握って歩く私は、もはや〈幸福な間抜け〉ではなくなっていた。そうであることをいつもあんなに自慢に思っていたのに、この称号から前半部分が吹き飛ばされて消えてしまったのだ。彼女に出会ったとき、私は賭けをした。賭けのルールは全部読み、契約書に署名し、条件を受け入れ、代償についても把握した。私は何一つ後悔しなかったし、無法者としての心地いい生活を送ってきたことにも、現実に向けて絶えず小馬鹿にした顔をし、取り決めや時計や季節に中指を突き立て、噂話にあっかんべーをしてきたことにも後悔しようがなかった。今や、私たちには理性の尻に蹴りを入れる以外の道はなくなり、そのために契約には変更点が書き加えられることになった。何年ものパーティーと旅行と奇行と度を越えた陽気さの果てに、私は自分が息子に対してうまく説明できないことに気づいた。すべてが終わってしまったこと、今後私たちは毎日、病室でうわごとを言う彼女を見つめるようになること、ママは精神の病だということ、壊れていく彼女をただ見守らなくてはならないことを言い出せなかった。私はパーティーをつづけられるよう、息子に嘘をついていた。

ルイーズの状態は変わりやすく、見舞いに行ってみなければその日の彼女がどんなふうかわからず、病院に着く前に息子は必ずひどく不安がった。薬のおかげでいくらか落ち着き、以前の状態を部分的に取り戻したので、私たちが会うのはたいていお行儀のいい、ちょっとおかしな彼女で、まるで何も変わってないかのようだった。しかしときには、ドアを開けると、彼女が心の中の悪魔たちとの会話で盛り上がっていたり、幽霊たちを前に弁舌をふるい、祈るように手を合わせて、独特な規則にしたがって作った詩篇を暗唱したりしていることもあった。そうこうするうちに彼女は他の患者たちからは愛情を、看護スタッフからは思いやりを寄せられるようになり、侯爵夫人のようにわがままをすべて許され、足にキスせんばかりに世話をしてもらえるようになった。私たちの息子はすぐさま迷路のような廊下で、あてなく歩く肉体に入った迷える魂たちの流れを見て、自分の母親の影響があるのに気づいた。息子は病院訪問の儀式を、患者たちとのまったくありもしない交流を、一人で思いついた。まずは音楽好きの患者のところに一方的に話を聞かされに行き、そのあとは強力な薬で無反応になってしまった元犯罪者の枕元に行くのだ。私は息子がいないあいだを利用して、私が名付けた脱走作戦〈リバティ・ボージャングル〉を彼女と一緒に作りあげた。ルイーズは非常に乗り気になった様子で、ついでに私に向かって、あなたにも精神病院がお似合いよとずばり指摘してきた。

「ねえ、ジョルジュ。私の薬を分けてあげたいところだけど、ほら、今日はもう全部のんでしまったの！　明日は必ず取っておいてあげる。こんなリバティ・ボージャングル作戦を考えつくなんて、まともな心の持ち主のはずがないんだから！」

リバティ・ボージャングル作戦は、息子が提案した「理性の尻への一蹴り」だ。波瀾万丈の物語だった私たちの暮らしに幕が下りるというのに、芝居がかった終止符を打たないままなんて、私には受け入れられない。語るに堪える結末を、驚きと面白さと愛情があふれる原稿を、私たちは息子に贈るべきだ。ルイーズがこの計略の責任を自分で負いたがったのは、これが見事な戴冠式になるだろうとも、この誘拐が頭にいただく王冠となり、自分は患者たちの女王になるだろうとも考えたからだ。彼女は最後に息子を驚嘆させたかった。ただそれだけだった。

# 9

　バルコニーの前、十メートルぐらい下に、昔からある松の大木が生えていた。スペインで年末の祝日をすごすときは、この木がクリスマスツリーになってくれた。ぼくは両親と一日がかりではしごを使って飾りつけをして、きらきらする飾りや点滅する電球をとりつけて、雲みたいな綿を広げ、てっぺんには巨大な星をかかげた。それはとてもすてきな松の木で、その日は決まってとてもすてきな一日になった。だけど、木だって当然大きくなるわけで、潜伏生活が始まると、視界をさえぎるこの木に対してママがひっきりなしに文句を言うようになった。この木のせいで湖が見えなくなってしまったとか、バルコニーが日陰になってるとか、いつか嵐が来たらたおれて屋敷を壊してしまうとか、なんにもおかしなところがなさそうに見えてもある日この松は人殺しに姿を変えるはずとか。ママはそんなことを木の前を通りすぎるたびに言うのだけど、どの窓からも木が見えるから、結局ママはずっと文句を言いつづけていた。パパとぼくにとって松の木との関係は良好で、たいして邪魔でもなく、湖を見たければこちらが数歩動けばすむ話なのに、ママにとっては頭から離れない悩みの種だった。この木は所有地の境界に立っていてぼくらのものではなかったから、パパとぼくは村長のところに行って切りたおす許可をもらおうとした。しかし、村長は伐採を許してくれず、邪魔だからという理由でみんなが木を切るようになったら森がなくなってしまうと言った。家への帰り道でパパはぼくに、たしかに村長さんの言うことはもっともだが、ママにとってはあの木は面倒のもとだからなんとしても解決策を見つけて家に平和を取り戻さなきゃいけないと言った。ぼくとしては、どう考えればいいのかほんとにわからなかった。ママを喜ばせるためなら、森を破壊してもいいのか、それはとてもややこしい問題だった。

クズは元老院の長期休暇のたびにぼくらのところに滞在して、ぼくとよだれかけを使って遊んだり、ひたすら食べながら人生を成功させようとやっきになったり、毎回のようにバルコニーでこんがり焼けたりしていたけど、彼以外にうちにお客が来ることはなくなった。クズは最初に来たとき、車でマドモアゼル・ツケタシを運んできてくれた。到着したクズは心も体もへとへとだった。移動中ずっと、マドモアゼルが高らかに鳴いたりバタバタと翼をはばたかせたりくちばしでウインドーをたたいたりで、後部座席をとんでもない大混乱におとしいれていたらしい。そのうえ、なんの準備もしていなかったので、国境では面倒なことになった。警備隊員たちは身分証明書から車、荷物までなにもかも検査したうえ、クズが自分は元老院議員だと言い出すと、詐欺師と思ったらしく再検査さえしはじめた。クズは車から降りながら、もうマドモアゼルの顔はたとえ絵でも見たくないとか、もしも好きにしていいなら串焼きにして上質のブルグイユワインを添えてひとりで食ってやるとか言った。マドモアゼルはというと、すぐに湖のほうへ逃げ出して一日中そこですねていた。クズがリュクサンブール宮殿で働くためにパリへと戻っていくと、ぼくらは三人と一羽だけになったけれど、それでぼくらにとっては充分だった。

ときどき、パパは警察に電話をかけて捜査の進み具合をたずねた。スピーカーのスイッチを入れて、ママも自分がまだ発見されていないということを一緒になって聞いた。声を出さないように両手で口もとをおさえながらぼくらが笑っているのに、パパときたら悲しげな声で言った。

「ひどい話だ。理解できない。妻はどこかにいるはずなんです！　ちょっとした足取りも見つかってないんですか？」

すると、警察官はいつも困って、捜査は足踏み状態ですがさがしつづけますと答えた。パパが電話を切ると、毎回ぼくは叫んだ。

「捜査がパリで足踏みしてるようなら、いつになってもここまで来られやしない！　車や飛行機でだって長くかかるんだから、足踏みしてたら、とんでもなく長くかかるよ」

ぼくのこの言葉にいつも決まって両親は大笑いした。

毎朝、パパとぼくがまだ眠っているうちに、ママはマドモアゼルを連れて湖まで水浴びをしに行った。ママが岩場から飛びこんで、のぼっていく太陽を見つめながら水面にぷかんとあおむけに浮かんでいるあいだ、マドモアゼル・ツケタシはママの周りを回りながら甲高い声で鳴くか、くちばしで魚をつかまえようとするかしたけれど、いつも失敗に終わっていた。年月とともにマドモアゼルはペットの鳥になり、ツナ缶を食べ、クラシック音楽を聴き、首輪をつけてカクテルパーティーに参加するようになっていたので、かつての野生の勘をなくしていたのだ。

「湖底から来る水の音を聴きながら、空を見るのが大好き。別世界にいる気持ちになれる。一日の始まりとしてこれを超えるものはないわ！」帰宅したママはそう言ってから、庭の木からとったオレンジのジュースや近所のミツバチの巣箱からのはちみつを使って、ぼくらにたっぷりと朝食を作ってくれた。

そのあと、ぼくらは家の近くにある小さな村落に買い物に行くのだけれど、毎日ちがう村のちがう市場に行くことにしていた。ぼくはすべてのお店の人と友だちになり、しょっちゅうただでフルーツをもらった。殻付きアーモンドがいっぱい入った袋をもらったときには、岩場や歩道のはじに腰かけ、石や靴のかかとで殻を割って食べた。魚屋さんは下準備や調理の仕方についてあれこれ教えてくれた。肉屋さんはスペイン料理のレシピを、豚肉の塩釜焼きの焼き方とか、ニンニク入りマヨネーズの作り方、魚と肉と米とパプリカとそのほか全部一気に入れてしまうすごいパエリアのレシピまで教えてくれた。それから、ぼくらは白と金色でいろどられた小さな広場にコーヒーを飲みに行き、パパはひとりで笑いながら新聞を読んだ。パパにとって世界はばかげたものだからだ。ママはぼくに風変わりなお話を聞かせてとせがんで、たばこを吸い、目を閉じ、ひまわりみたいに太陽に顔を向けた。ぼくはお話を思いつかないときには前日かそのまた前日のぼくらの日常に小さなうそを足して話したけれど、たいていはぼくが一からこしらえた作り話よりもはるかに面白くなった。昼食のあとには、パパがハンモックに寝そべって目を閉じ、執筆中の小説について考えこんでいるのを放っておいて、ぼくとママは湖まで道をくだり、暑いときには水浴びし、すずしいときには大きな花束を作ったり、平たい石で水切りをしたりした。家に戻ってくると、パパはしっかり小説に取り組んだあとだからか、顔じゅうに線がついて、頭の中はアイデアだらけ、頭の外は寝癖だらけになっていた。ぼくらはアペリティフのおともにボージャングルを大音量でかけてから、夕食のバーベキューの材料を焼きはじめた。ママはぼくにロックやジャズ、フラメンコの踊り方を教えてくれた。お祭りで使われるような盛りあがる曲ならなんでも、ママはステップや動きをマスターしていた。毎晩、ぼくは寝に行く前に、両親の許可をもらったうえでたばこの煙を吐いて輪っかを作った。それでぼくらは煙の輪っか大会を開いて、ひと吐きごとに逃亡者としての新生活をかみしめながら、星でいっぱいの空に向かって煙が消えていくのを眺めた。

残念ながら、しばらくするとまたママの頭の中身がときどき消えるようになった。なんでもないときに、一瞬のうちに頭の発作がおそってきて、それが二十分か一時間かつづき、やがてまばたきぐらいすばやく逃げ去った。それでいて、そのあと何週間もなにもないこともあった。激しい発作が来ているあいだは、松の木だけではなく、あらゆることがたちまち強迫観念の対象になった。ある日のママは食器をとりかえたくなった。日差しが磁器に反射してまぶしかっただけで、食器がぼくらを失明させたがっているのではとうたがったのだ。また別の日には、ママはリネン製の服はやけどするからと言って、すべて燃やそうとした。やけどで腕にぶつぶつができたと言うのだけど、ぼくらにはなにも見えなくて、それでもママは腕を一日中かきむしって出血していた。別の日には、前夜の雨のせいで湖面の色が変わっていただけで、湖に毒が入れられたことになった。そうしておいて、翌日になるとママは湖で泳ぎ、磁器の皿で食べて、リネンのワンピースを着た。まるでなにもなかったみたいに。当然、ママはぼくらに強迫観念で見た妄想が現実だとわからせようとし、パパが毎回、落ち着かせようとして勘違いだと説明したけれど、うまくいったためしがなかった。ママは激しく興奮しだして、叫び声をあげ、手足をばたばた動かし、ぞっとするような笑みを浮かべてこちらを見つめ、ぼくらが正気であることをせめたてた。

「あなたたちはわかってない。なにひとつ見てやしない。目の前で起きてることなのに知らんぷりじゃない！」

たいていの場合、ママは自分の発作中の言動を忘れるので、パパもぼくもあとになってママに話したりせず、何事もなかったみたいにふるまった。傷口にナイフをつきたててもしかたないって、ぼくらはそう思っていた。こんなふうに暮らすだけでもかなりつらいことなのに、わざわざ言葉でもう一度体験したくなんかない。ときどきママは自分が度を越したことに気づき、ひどいことをやったり言ったりしたと思い出すことがあり、こうなると最悪だった。だって、そういうときのママはもうぼくらを怖がらせはしないけれど、ただただ、ほんとにつらそうだったのだ。それからママはひとりで部屋に引きこもって悲しみの涙を流した。二度と泣きやみそうにないほどの泣きっぷりで、まるで下り坂で速度を出しすぎたときみたいだった。悲しみはとても高いところから下ってきたもので、とても遠いところから来たものでもあったから、ママは耐えきれなかったのだ。ママの化粧も悲しみに持ちこたえられず、パニックになった目からマスカラが逃げようとしてぼろぼろになり、まつ毛やまぶたから離れて、ふっくらしたほっぺたを汚し、顔じゅうに広がり、ママはおそろしげな美女になってしまった。悲しみのあとにすっかり気持ちが落ちこんだママは、片隅に座ったままで髪を顔にたらし、頭がもげそうなくらいにうつむき、神経質に両脚を動かしながら、かけっこをしたあとみたいに呼吸を整えようとしてとても激しく息をした。ママはただ単純に、悲しみの先を行って引き離そうとしているのかもしれないとぼくは思った。こんな状態のママを前にして、パパとぼくは完全に無力感におそわれていた。パパはなぐさめの言葉をそっとささやいてママを落ち着かせようとしたし、ぼくだってママをぎゅっと抱きしめたのだけれど、いくらそうしてもなんの役にも立たず、手のほどこしようがなかった。悩み事とママのあいだにぼくらが割って入れるすき間はなくて、その関係はほんの少しも崩せそうになかった。

発作の激しさと長さをどうにかできないものかと、ある日の午後、ぼくらは作戦会議を開いた。バルコニーで三人そろって、この大きな困難にどんな武器で戦うかを決めた。パパの提案は、ママが一日中どんなときでも飲んでいるカクテルをやめてみてはどうか、のどがずっとかわいていたって大丈夫だろうというものだった。カクテルのせいで病気がより速く進行しているとは言い切れないにしても、ゆっくりにしてくれているはずがない。ママは提案をのんだものの、心底悲しそうだった。だって、カクテルはママにとって生きがいみたいなものだったから。それでもママは戦時中に補給品を全部取りあげるのは賢明じゃないと言って、食事どきのグラスワイン一杯の権利を勝ちとろうと交渉していた。

発作がほんの少しでもあらわれたらすぐに屋根裏部屋に閉じこめて、そう言ったママはまるで自分から囚人になろうとしているみたいだった。暗闇の中じゃないと長年の悪魔をまともに見すえられないの、とも言った。それで、パパはものすごく悲しみながらも、銃眼だった壁の小さな窓をすべてふさぐことにして、屋根裏部屋のほこりをはき集め、クモの巣をはらい、ベッドを置いた。自分の奥さんを落ち着かせるためにこんな不潔な部屋に閉じこめるなんて、ほんとに愛しているからこそにちがいない。発作がやって来るたび、パパが屋根裏部屋にママを運んでいくのはほんとにいやな光景だった。ママは叫び声をあげ、パパはほかにやりようがなかったのでひたすら優しく話しかけていた。ぼくは耳をふさぎ、あまりに発作が長引くときには湖までおりていって、人生がぼくらにぶつけてくるろくでもないことを忘れようとしたけれど、湖にいてもときどきママの叫び声が聞こえてくるので、そういうときは歌をすごく大きな声で歌って、ママの叫び声がささやき声になるまで待つことにしていた。ママは悪魔との戦いに、自分自身との戦いに勝つと、ドアをたたいて屋根裏部屋から勝者として出てきた。そんなときのママはすごく疲れていて、ちょっと恥ずかしそうでもあった。屋根裏部屋での発作の日はくたくたになっているはずなのに、そんな日の夜でもママはうまく眠れず、睡眠薬をのんでいた。眠ってさえいればどんな悪魔も攻撃に来られず、ママはしっかり休戦することができたのだ。

ママがもうお酒を飲めないので、夜になるとパパは外に出ていって松の木と飲むようになった。自分はカクテルを飲みながら、木の根元にもカクテルを、毒性と可燃性の液体をそそぎ、木はそれをすべてなにもうたがうことなく吸収した。どうして木にお酒をわけてあげるのかパパにきいてみたところ、いかにもパパらしいでっちあげ話を聞かせてくれた。パパが言うには、お酒を木と飲んでいるのは木の門出を祝うためだった。木はまもなく自由の身になり、よそへ、別の場所へと行くことになっている。実はパパは海賊とひそかに連絡をとっていて、その海賊たちは海賊船のマストに使う丸太を必要としているのだ。パパは優しい性格だから斧で切りたおすなんてしたくなくて、それで木がひとりでにばったりとたおれるのを待っているわけだった。

「わかるだろ？　この木は森を離れて、海を、大海原を越えていく。地球一周だってするだろう。ずっと航海をつづけて、各地の港に寄り、嵐に立ち向かい、静かに波に揺られることもあるだろう。美しくも古めかしい装備をつけて、マストのてっぺんにはどくろ印の旗を掲げ、海賊船としての長い活躍の場がこの木を待っているんだ。約束しよう。この木はここで仲間の木に囲まれてなんの役にも立たずにいるより、帆船の上に立つほうが幸せになれる！」とパパはぼくに言いながら、足もとの根っことコケに自家製のカクテルの最後の一口をあげた。

こんな話をパパはいったいなにから考えついたのだろう。パパはママがさらにおかしくなったりしないようにアペリティフを木と飲んでいるってこと、それが木をわが家から見えなくさせるための作戦なんだってことは、ぼくにもよくわかっていた。だけど、木が帆船に乗ってカリブ海や北海を渡り、海賊とともに宝島を見つけるところを想像すると、ぼくはパパの話を信じようと思えた。なにしろ、パパはいつものように、愛のためにほんとに美しいうそをついたのだから。

囚人になっていないときのママはぼくらにますます優しく接してくれるようになった。毎朝、水遊びを終えると小さな花束を作って帰ってきて、ぼくらのナイトテーブルに置き、ときにはそれにメッセージカードを添えて、読んだ本からの引用文か見事なできばえの自作の詩を書いてくれた。ママは日がな一日ずっとパパの腕の中ですごすか、ぼくを抱きしめているかのどちらかだった。ぼくが横を通るとかならずママはぼくの手をとって、体をぎゅっと抱きよせて心臓の音を聴かせ、ささやき声でぼくをほめてから、ぼくが赤ちゃんだったころの話をしてくれた。ぼくの誕生を祝おうと病室で両親がした大騒ぎのこと、一晩中つづいた音楽と物音のせいでほかの入院患者たちから寄せられた苦情のこと、ぼくを寝かしつけようとして夜に何時間も静かに踊りながらすごしたこと、マドモアゼルの飾り羽をつかもうとしてぼくが初めて歩いたときのこと、マドモアゼルがベッドでおしっこをしたんだよというぼくがついた初めてのうそのこと、あるいはただ純粋に、ぼくと一緒にすごせた喜びのこと。以前はそういう話をしてくれることがまったくなかったから、ぼくは自分が覚えていないことをあれこれ話してもらえるのがすごくうれしかった。たとえ、ママの目の中にときどき喜び以上に切なさが見えたとしても。

聖ヨセフの日になると、村の住人たちは丸一日つづく盛大なお祭りをもよおした。朝、人々はまず木製の巨大な聖母マリア像を花束でおおいはじめる。それはもう見事としか言いようがない。家族連れでピンクや赤や白の花束をかかえてやって来て、マリア像の足もとに花を置いていくと、まとめ役の人たちが少しずつ、白い模様が入った赤いドレスと赤い模様が入った白いケープに仕立てていく。実際に見なければ信じられないような光景だ。朝には木の骨組みの上に頭だけだったのが、夜になると聖母マリアは村人たちとおなじようにお祭りのための衣装と香りをまとう。一日中爆竹が四方に飛びちっては谷間にとどろき、はじめのうちぼくは跳びあがって驚いて、映画で見た戦争みたいだと思ったけれど、心配そうにしている人はだれもいなかった。パパによると、スペイン人というのはお祭りの戦士らしく、ぼくは花と爆竹とサングリアを使う戦いなら大歓迎だと思った。時間がたつにつれて、村の通りは伝統的な衣装に身を包んだ家族連れでいっぱいになり、谷のそこかしこから、さらにはもっと遠いところからも人がやって来た。

おじいちゃんから孫娘まで、だれもが十九世紀はじめみたいな仮装をしていて、赤ん坊ですら色付きのレースのチュニックを着せられていてすごくきれいだった。お祭りの戦いにくわわるために、ママはここの景観と風習に溶けこめる衣装をぼくらに買ってくれた。アメリカの水兵服のときとちがって、ぼくは喜んで派手なベストとふくらんだズボンを着て、白いモカシンをはいた。だって、みんなとおなじ服装なら絶対に笑われないから。ママは癖のある髪を黒いレースのスカーフの中にまとめ、歴史の教科書にのってる女王みたいにふくらんだ美しいドレスを着た。そのドレスを着ているとすごく暑いみたいで、ママは黒い布地の上に蝶がいるデザインの扇子をひっきりなしに動かした。あまりにすばやくあおぐから、今にも蝶が飛びたちそうに見えた。午後、通りは祭り衣装姿のスペイン人だらけになった。みんなおごそかに列を作って歩いていたのは、彼らにとってお祭りはまじめなものでもあるからなのだろう。人々は誇らしげでもうれしそうでもあり、ぼくはこんなお祭りをしていたらみんながそうなるのも全然おかしくないと思った。

日が暮れると、通りにはかがり火とたいまつがともされ、踊りと大騒ぎを照らしだした。教会の広場にある聖母マリア像の足もとでは村人たちがパエリアを作るのだけど、あまりに巨大すぎて、中央部分でお米をいためるのに木製の長い熊手を使わなくてはならなかった。人々はひどい大混乱の中でパエリアをもらい、先にだれがいようとおかまいなしにテーブルとベンチがあればどうにかして座るので、だれもがまぜこぜになった。パエリアもお祭りもおなじこと、あらゆるものが入った絶妙なまぜ物なのだ。食事時間の終わりを盛大に知らせるために花火が準備されていて、それが家の屋根や遠くの山、湖上のボートなどあちこちから発射され、あらゆるところからつづけざまに爆発音がした。家々の壁は光の花束の色に染められ、おしまいには空がとても明るい光でいっぱいになったので、昼間のような気がするほどだった。一瞬のうちに暗闇が完全に消えて、暗闇なりにこのきれいな戦いにくわわったちょうどその瞬間、ぼくはママの黒いスカーフの下で涙が流れるのを見た。とぎれない涙はまっすぐ下がっていき、血の気のないふっくらしたほっぺたを転がり、唇のはじを通りすぎて、ふるえながらも誇りを失っていないあごの上で最後のジャンプをしてから地面へと身を投げた。

花火のあと、背が高くて美しい女の人が赤と黒の衣装であらわれると、教会の大階段で、楽団に囲まれて愛の歌を歌いはじめた。力強く歌うために、女性歌手は歌詞に合わせて空に腕をつきだした。その歌はあまりに美しく、彼女が歌にもっと深く入りこもうとして今にも泣き出すんじゃないかとぼくらは思った。つぎに彼女が陽気な歌を歌いはじめたので、それに合わせて人々はリズミカルに拍手しながら踊りだし、その場はいきなり魔法がかかったような雰囲気になった。人影は操り人形のように頭をがくんとたおして回りだし、衣装はコマのようにくるくる回って混ざり合った色のもやになり、踊り手たちは陶器の人形のようにバレエシューズでとび跳ねながら揺れうごいた。レースのきらきらした衣装と浅黒い肌色とつぶらな黒い瞳のおかげで、少女たちは博物館にあるような人形にそっくりで、ものすごく美しく、とくにひとりの少女がとびきりの美人だった。ぼくは目を離すことができず、彼女のまとめた髪、広いおでこ、エキゾチックな目、ピンク色のほっぺた以外のものが目に入らなくなった。彼女はすぐそこに、ぼくの目の前のベンチに座り、扇をそっと動かしながら生意気そうな笑みを浮かべていたけれど、ぼくは彼女が地球の反対側にいるような気がしていた。ずっと見つめていたせいでとうとうぼくらの視線はまじわった。ぼくは体をこわばらせ、小さな聖像みたいに棒立ちになって、長くて甘い身ぶるいを全身に走らせた。

もうすぐ午前零時というあたりで大階段前の大勢の人たちは散らばり、円形のダンスフロアのように場所をあけた。カップルたちが列を作り、一組ずつ女性歌手と楽団の前で踊った。老いたカップルの場合は折れそうな手足でこれまでの経験を総動員して踊った。そんな二人のダンスはほとんど科学のようで、動きは自信にあふれて正確で、踊るためだけに生きているかのように踊って、踊って、さらに踊ると、だれもがほめたたえようと拍手した。若いカップルたちはリズミカルな激情を見せようと登場し、ときどき、そのあまりにすばやい動きにどぎつい色の衣装が燃えあがるんじゃないかと思えた。どのカップルも踊りながら目をむさぼるように見つめあい、思うままにしたい気持ちと思うままにされたい気持ち、そしてなにより燃えあがる情熱を混じり合わせていた。それから、世代をこえたカップルもほんとにかわいかった。小さい男の子がおばあちゃんと踊ったり小さな女の子が父親と踊ったり、ぎこちなくてまとまりがなく、慣れていないのだけれど、かならず真剣に、熱心に、心をこめて踊るから、ただそれだけで一見の価値があるものになって、みんなは激励の拍手を送った。

突然、ママがどこからともなくあらわれて、とび跳ねながら輪の中心に進み出て、片手を腰に当てもう片方の手をパパのほうにさし出すのが見えた。いくらママが自信たっぷりでも、ぼくはとても不安で、ここで両親がへたなことをするとまずいと思った。パパがこの円形舞台にあごを上げて入場してくると、人々は好奇心から静まりかえり、この夜のたった一組のよそ者カップルが踊るのを見物しようとした。永遠につづきそうな静けさのあと、楽団が演奏を始めて、ぼくの両親はおたがいに距離をとってゆっくりと回りはじめた。軽くうつむきながらも目は見つめあい、まるでおたがいをさがし、手なずけようとしているようだった。ぼくにとってその光景は美しくもあり、ものすごく不安でもあった。突然、赤と黒のドレスの女性歌手が歌いはじめて、ギターは荒々しくなり、シンバルは小さくふるえだし、カスタネットはカチカチと鳴りはじめ、ぼくの頭はぐるぐる回りだし、両親は飛びはじめた。ぼくの両親は飛んでいた。たがいに相手の周りを飛んでいた。足は地面を踏みつけ、頭は軽やかに宙に浮かんでいるようだった。二人はほんとに飛んでいて、すごく静かに着地したかと思うと、短気なつむじ風みたいにまた離陸して、熱狂した動きの中で情熱的にまた飛んだ。こんなふうに踊る両親を見たことは一度もなかった。まるで人生初めてのダンスのようでもあり、最後のダンスのようでもあった。動きによる祈りと言ってもいい、始まりと同時に終わりでもあるようなダンスだった。両親が息を切らすほど踊るあいだ、ぼくは息を殺してなにひとつ見逃さないように、なにひとつ忘れないように、このすごい動きを全部記憶しようとした。二人はこれまでの人生すべてをこのダンスにそそぎ、そのことがその場にいる人たちみんなに伝わった。それでみんなはこれまでにないほどの拍手をした。だって、よそ者にしては地元の人と変わらないぐらい上手に踊っていたから。雷のような拍手喝采の中で二人はみんなにあいさつして、拍手喝采はただぼくの両親のためだけに谷じゅうに響きわたった。ぼくはようやく息をつけた。二人のおかげで幸せな気持ちになって、二人とおなじく疲れはてていた。

両親が村人たちと一緒にサングリアを飲んでいるあいだ、ぼくは少し離れたところでこの瞬間をゆっくりかみしめて、あらたな栄光を楽しむ両親を見ていた。グラスに入った牛乳をちびちび飲みながらベンチに座り、人ごみをきょろきょろ見てはぼくのスペイン人形がどこかにいないかなとさがした。女の子たちはみんなそろっておなじ衣装を着ているので、そこかしこに彼女を見つけたと思っても、どこにも見つからなかった。結局、ずいぶんと時間がたってから、彼女のほうからぼくに会いに来てくれた。彼女は扇で顔を隠して人ごみからだしぬけにあらわれ、ふくらんでゆったりしたドレス姿で、小説の登場人物みたいにゆっくりと近づいてきた。こちらをまともに見ずにしゃべる言葉はスペイン語で、ぼくにはよくわからなかった。彼女はしゃべり、巻き舌や舌打ちをくわえながらのどから言葉を出し、ぼくのほうはまるで水面で空気をのむ魚みたいに口も目も大きく開いて、ばかみたいな顔で彼女を見ていた。彼女はぼくの隣に腰かけてたくさんしゃべりつづけ、二人分話してくれていた。どうやら、ぼくがなにもできないやつだってことを見抜いていたみたいだ。彼女はなにも問いかけたりしてこなかった。そのことは言葉の音の高さの変化でなんとなくわかった。彼女はおしゃべりをしながらぼくの魚みたいな顔を見つめて、それで問題はなかった。彼女とぼくはお祭りの感想や扇からの風をわけあい、彼女は少しだまると、ほほえんでからまた話しはじめた。彼女は話をやめたくないみたいだったし、口をつっこんでくるやつもいなかったから、その場は完璧だった。言葉の途中で彼女は不意に身をのりだし、まるで結婚式みたいにぼくの唇にキスをした。ぼくはばかみたいに固まって、そのままそこでまつ毛一本動かさなかった。こうもなにもできないなんて、まったく、どうしようもない。それから彼女は笑い、立ち去りながらふりかえって、釣られたばかりの魚の顔をしたぼくを二回も見た。

家に帰ってベッドに入り、灯りを消したあと、ぼくは寝室のドアがゆっくりと開く音に気づいて、ママの影が音もなく近づいてくるのを見た。ママはぼくの隣に優雅に寝そべり、ぼくの体に腕をまわした。ぼくが眠っていると思ったのだろう。ママはぼくを起こさないように小声で話しかけてきた。ぼくは目をつぶって、ママのささやき声に耳をかたむけた。髪にママの生温かい息がかかり、ほっぺたをなでてくれる親指のやわらかな肌が感じられた。ぼくはママがすごく平凡なお話を語ってくれるのを聞いた。かわいらしくてお利口で、両親にとって自慢の種になっている男の子の話。どの家族にもあるような問題、喜び、悩みがあるけれど、それでもおたがいにすごく愛しあっている家族の話。青い目を好奇心いっぱいにきょろきょろ動かし、家族の生活が最高にうまくいくようにいつも楽しげに心をくだいてくれる、心の広い素晴らしい父親。しかし、不幸なことにこの甘い物語のさなかに心の病気があらわれて、家族の生活を大きくゆさぶり、破壊してしまう。すすり泣きながらママはぼくにささやいた。この不幸に片をつける方法を見つけたのよ、と。こうしたほうがいいの、ともママはつぶやいたので、ぼくは目を閉じたままその言葉を信じた。発病以前の生活を取り戻せると聞いて、ぼくはほっとしていた。おでこにママの指が十字を描き、ママの湿った唇がぼくのあごにキスするのを感じた。すぐにママは部屋を出ていき、ぼくは翌日からの暮らしのことを思いながら、安心して心おだやかに眠りこんだ。

# 10

翌朝、バルコニーのテーブルの上には、アカシアやラベンダー、ローズマリー、ポピー、色とりどりのマーガレットやそのほかのいろんな花でできたとてもすてきな花束が、ボウルやパンかご、ジャムの瓶に囲まれるようにして飾られていた。湖を見ようとして手すりに近づくと、ママがいつもの朝とおなじ白いチュニックの水着姿でぷかぷかと浮かんでいるのが見えた。白い宝石みたいに浮かぶママは目を空に向け、湖の奥底からの音に耳をかたむけていた。なにしろママにとってこれを超える一日の始め方はないのだから。ふりかえると、パパが幸せそうに満足げに花束を見つめていた。しかし、腰かけるときに、花のかげに隠れて睡眠薬の箱が置いてあるのに気づいた。中のカプセルは全部開けられて、からっぽになっていた。パパは不思議そうな目つきでぼくの目を見て、立ちあがり、光の速さで湖への道を駆けおりはじめて、ぼくはというとその場で棒立ちになって、パジャマ姿のまま身動きもせず、下で起こった悲劇を理解したくないと思っていた。ぼくはパパが走るのを見ていた。ママが浮かんでいるのを見ていた。流されかけているママの体のほうに駆けていくパパを見ていた。パパが服を着たままで湖に飛びこみ、泳いでママにたどりつこうとするのを見ていた。そして、岸辺からそっと遠のくママが、白いネグリジェ姿で、腕を左右に伸ばして十字になっているのが見えた。

パパはママを湖から引きあげると、砂利の上に寝かせた。意識を取り戻させようとして、体のあちこちにふれた。死にものぐるいで胸を押して、生きかえらせようとした。空気を送りこむために、愛と思いを伝えるために、口づけをした。道をおりていった記憶はないけれど、いつのまにかぼくも冷たくなったママの手を握り、そばではパパがママにキスをして話しつづけていた。まるでママが聞いているみたいに話しかけていた。ママが生きているみたいに話しかけていた。たいしたことないからとか、きみの気持ちはよくわかるとか、なにもかもうまくいくから心配しちゃだめだ、つらい時期はすぐにすぎる、すぐにまた会えるよとか言っていた。ママはそんなパパを見つめて、そのましゃべらせていた。すべてがもう終わったことで、パパは自分自身にうそを言い聞かせてるだけだと、ママにもわかっていたのだ。それで、ママは目を開きっぱなしにしてパパにつらい思いをさせないようにしていた。なぜって、ある種のうそはいつだって真実よりも価値があるから。ぼくはこれで終わりだとよくわかっていたし、ベッドでママが口にした言葉の意味ももう理解していた。そして、ぼくは泣いた。それまでの人生で一番泣いた。だって、暗い寝室で目を開けなかった自分をせめていたから。ぼくは泣いた。だって、ママの言っていた「方法」の意味に、もっと早く気づくべきだったと後悔していたから。それは消え去ること、ぼくらにさよならを言うこと、屋根裏部屋の発作でぼくらをもう困らせないように、自分の強迫観念と大声といつまでもとまらない叫び声でぼくらを苦しめないように、行ってしまうという意味だったのだ。気づくのが遅すぎた。ただただそのことでぼくは泣いていた。もしもぼくがあのとき目を開いていたら、もしもママになにか言っていたら、もしもママを引きとめて一緒に寝てもらっていたら、もしもぼくが、頭の調子が良くても悪くてもそのままのママで最高だよと言っていたら、ママはきっとこんなことをしなかっただろう、きっと最後に水遊びなんてしなかっただろう。だけど、ぼくはなにもせず、なにも言わなかった。だからママはここにいて、冷たい体とどこかよそを見てる目つきで、ぼくらの苦しみに耳をかたむけても、涙と激しい不安でいっぱいのぼくらの目を見てはくれないんだ。

ものすごく長いあいだ、ぼくらは三人だけで湖の岸にいた。あんまり長くいたせいで、ママの髪と白いリネンのネグリジェがすっかり乾くほどだった。風に吹かれて、髪がかすかに動き、顔も生気を取り戻した。ママは自分が旅立っていった空を見つめていた。長いまつ毛で隠れた目、半開きの口、風になびく髪。ぼくらが三人で岸辺に長時間いたのは、そのままそこにいれば三人で一緒に空を見ていられたからだ。ぼくとパパはだまりこんで、ママのまちがった選択を許そうとし、ママがいない暮らしを想像しようとした。まだママは目の前にいて、ぼくらに抱かれながら太陽に顔を向けているというのに。

家に戻ると、パパはママをデッキチェアにおろして、もうなんの働きもしなくなった目を閉じさせた。村の医者を電話で呼びはしたものの、手つづきのためだけだった。ぼくらはとっくに現実を知っていて、手のほどこしようがないとわかっていた。パパが離れたところで長電話をしているあいだ、ぼくは目をつぶったママが寝そべっている姿をじっと見つめた。片腕は横にだらりとさがり、もう片方の腕は脇腹の上に添えられていて、まるで日光浴しているみたいだった。パパは戻ってくると、ママはコップ一杯分の水を飲んで(「泳いでいる最中に水を飲む」という意味の慣用句)死んだとか、足をなくして(「足が底につかない」という意味の慣用句)おぼれたとか言い出した。パパはなんて言ったらいいかわからないあまりに、適当なでたらめをしゃべっていた。だけど、早朝に目覚めてすぐに眠ろうとして睡眠薬を一箱のむ人なんていないことは、ぼくでも知っている。ママは永遠に眠ってしまいたかったんだって、ぼくには痛いほどよくわかった。悪魔を遠ざけて、精神錯乱の時間にぼくらをまきこまないためには、眠るしか方法がなかった。ママはずっと落ち着いた状態でいたかった。ただそれだけだ。ママは決断をした。たとえそれが悲しい解決策だとしても、ママにはママなりの理屈があるのだから、やっぱり受け入れてあげなきゃいけないとぼくは思った。なにより、もう選ぶ道がなくなっていたのだから。

医者はぼくらに、さようならとかお別れの言葉が言えるように、話す時間をもてるようにと、ママとの最後の一夜をくれた。ぼくらにはママに言えなかったことがあり、このまま離れ離れになるのはむりだと、医者の目から見てもあきらかだったのだろう。それで、医者はパパがベッドにママを移すのを手伝ったあとに帰っていった。その夜はぼくの人生の中でも一番長くて一番悲しい夜だった。ぼくはママになんて言ったらいいかよくわからず、なによりママにさよならなんか言いたくなかった。だけど、ぼくはそれでもパパのために椅子に座っていた。パパがママに話しかけ、髪を直してあげて、ママのお腹に頭をのせて泣くのを見ていた。パパがママを非難して、感謝して、許して、あやまり、ときどきその全部を一文につめこんだのは、別の言い方をする時間がなかったからだろう。この最後の夜を使ってパパは一生分の会話をしようとしていた。パパはママに対しても自分に対しても怒っていて、ぼくら三人のために悲しんでいた。パパはママに以前の暮らしのことを話し、ぼくらが今後やらないことさえ、ぼくらがもう踊らないダンスのことさえ残らず話した。ごちゃごちゃした話だったけれど、それでもパパの言っていることがすべてわかったのは、言葉にできなくてもぼくだっておなじ心の痛みを感じていたからだ。ぼくの言葉は閉じた唇につかえて、しめつけられたのどにつまっていた。頭の中には思い出のかけらがひしめきあっているだけで、まるごとの思い出はひとつもなく、浮かんできたかけらもすぐにほかのかけらと入れかわった。だって、たった一夜でこれまでの人生全部を思い出すなんてできやしない。これは自明の理、いわば数学だよ、とパパは別のときなら言っていただろう。それから日がのぼり、太陽がゆっくりと夜を追いやると、パパは夜をひきのばしたくて雨戸を閉じた。ぼくら二人は暗闇のほうがママと一緒にいるのに居心地がいいし、ママのいない新しい一日なんかほしくないから、受け入れられないから、それでパパは雨戸を閉じて、その日を外で待たせた。

午後になると、小さめの黒とグレーのスーツで正装した人たちがママの遺体を引き取りに来た。パパの説明では彼らは葬儀業者で、不幸そうにして悲しげな顔で死者を自宅から引き取るのが仕事だということだった。変わった職業だと思いはしたけれど、ぼくはわずかなあいだでも彼らと苦しみをわかちあえることがうれしかった。これだけの不幸を感じるのに人が多すぎるなんてことはない。それからママは行ってしまった。埋葬のときを待つための専用の場所へ向けてあっさりと出発してしまった。パパの話では、安全上の理由から死者を自宅に置いておけないということだったけれど、ぼくにはよくわからない理屈だった。あんな状態なのだからママが逃げ出すおそれはないし、すでに一度誘拐されているのだから、それでいてまた誘拐なんてことにはなるはずがない。ルールは生きている人間にだけではなくて死んだ人間にもあるなんて、不思議だけどそういうものらしい。

ぼくらの苦しみをわかちあってもらうために、パパはクズに長期休暇を急きょとってくれるように頼んだ。翌日にはもう、クズは火がついてない葉巻を手に、青ざめた顔をして到着し、パパの腕の中に飛びこんで泣きはじめた。クズの肩があんなふうに揺れるのを初めて見た。あまりに激しく泣くので口ひげは鼻水だらけになるし、目は赤く充血するしで、それはもう「理解の範疇を超えている」レベルだった。苦しみをわかちあってくれるために来たはずなのに、結局、やって来たクズも苦しんでいて、ひとつところにたくさんの苦しみが寄り集まってしまったので、うすめようとしてパパはお酒の栓を開けた。あまりに強いお酒でぼくは松の木の根元にかけてやることさえできそうになくて、においをかがせてもらっただけで鼻毛が全部焼きつきそうになった。だけど、そんなお酒を二人は一日中がぶがぶと飲みつづけた。それでぼくは二人が飲んでは話し合い、飲んでは歌うのを見ていた。二人は楽しい思い出ばかり話し、二人が笑うとぼくも笑った。だって、人はずっと悲しげにしてばかりもいられない。やがてクズは買い物袋みたいに椅子からどさりと落ちて、助け起こそうとしたパパも転がり落ちた。クズは買い物袋にしては大きくて持ちにくかったからだ。二人で大笑いして四つんばいになりながら、パパはテーブルにつかまろうとし、クズはエビの形の耳から落ちた眼鏡をさがして、イノシシみたいに床をかぎまわっていた。こんな光景を見るのは初めてで、ぼくは寝室にひきあげながら、きっとママならすごく喜んだだろうにと思った。ふりかえってみると、自分でも信じられなかったけれど、暗がりの中でママの幽霊が手すりに腰かけて、大笑いしながら拍手しているのが見えた。

埋葬までの一週間、パパは昼間のうちはぼくをクズにまかせて、夜のあいだだけ面倒を見にきた。昼のあいだは書斎にこもって新しい小説を書いて、夜はぼくのそばにいてくれた。パパはまったく眠らなかった。目を覚ましておくために、瓶入りカクテルをずっとらっぱ飲みして、パイプに火をつけつづけた。疲れた様子でもなかったし、悲しげでもなく、精神を集中しているようで楽しそうでもあった。いつもの下手な口笛を吹き、これまた下手な歌を歌っていたけれど、心から楽しんでやってることなのでどうにか聞けるものになっていた。ぼくとクズはできるだけ忙しくしていようとして、湖の周りを散歩したり水切りの距離を競ったり、クズがリュクサンブール宮殿での仕事の話をユーモアたっぷりにしてくれるときもあれば、二人でよだれかけゲームをすることもあったけれど、すべてがちょっと陰気で心ここにあらずだった。散歩はいつも長すぎで水切りはいつも短すぎ、ユーモアはあまり笑えずににっこりがせいぜいだったし、アーモンドとオリーヴは横に落ちるか、おでこやほっぺたに当たるかで、楽しくも面白くもなかった。夜、ぼくの面倒を見にきたパパは自分でも信じていない様子で、つぶやくように作り話をしてくれた。朝になると太陽がまだしっかりと出ていないうちからパパはかならずそばにいて、椅子からぼくを見つめ、そのすごく独特な目つきを火のついたパイプがうっすらと照らしていた。

スペインの墓地は普通の墓地とはまるでちがった。死者を大きな石の板や何トンもの土で押しつぶしたりせず、巨大なたんすにずらりと並んでついている、大きな引き出しの中にしまうのだ。村の墓地にはそんなたんすの列と、夏の暑さからお墓を守るための松並木があった。引き出しに死者をしまっておけば、お墓参りをするときに楽なのだろう。葬儀をとりおこないに来てくれた村の司祭はとても感じが良くて、白と金色の祭服を着た姿はとても上品だった。司祭の頭の上には髪がひと房しかなくて、なるべく若く見せたいのかそれを頭に巻きつけていた。髪はものすごく長くて、おでこの真ん中あたりを出発してぐるりと一周してから耳の後ろで留められていて、ぼくもクズもパパもそんな髪型を見るのは初めてだった。正装した男たちがいかにもプロらしい悲しみを見せながら、ママの入った棺をトランクにのせて立派な霊きゅう車でやって来た。マドモアゼルも来たので、せっかくだからとぼくが黒いレースのスカーフを頭にかぶせてやると、とてもおとなしくなって首をまっすぐに伸ばし、くちばしを下に向けてじっとしていた。

ママの棺が出されて司祭と用意された引き出しの前に置かれると、不意に風が吹いてきて、頭上で松の木の枝がぶつかりあいながら踊りはじめた。ミサが始まり、司祭はスペイン語で祈りの言葉を言い、ぼくらはフランス語でそれっぽくまねた。だけど、しょっちゅう風のせいで長い髪の房がふわりと浮かびあがり、あっちにこっちに吹かれるものだから、司祭はどうにかして髪をつかんで耳の後ろにかけようとして、集中力をまるっきりなくしてしまった。祈っては中断し、風に吹かれる髪を片手でつかまえ、また祈りの言葉をうわのそらで言いはじめたかと思うと、髪がまた浮かんだ。祈りの言葉はきれぎれになるし、司祭の頭部は風通しが良くなるしで、ぼくらはもうなにがなんだかわからなくなった。パパはクズとぼくのほうに体をかがめて、あの髪のアンテナを使って司祭はつねに神様と交信できるのだけど、風が吹くと神様からのメッセージをうまく受信できなくなるんだよ、と言った。ここまでくるともうまじめでいられなくなったのか、パパは満足そうに思い切りにんまりした。こういう作り話にかけてはパパの上を行く人はいない。クズは笑いだし、制御が完全にきかなくなって、お腹がよじれるほど激しく笑い、大きく息を吐くことでどうにか呼吸を整えようとした。そして、ぼくも葬儀にはあまりふさわしくない笑いと陽気さの波にのまれて、クズのあとにつづいてしまった。はじめのうち、司祭は片手を頭に置いて髪のアンテナを固定し、神様とのメッセージのやりとりを中断しながら、驚いた様子でぼくらを見つめていた。ぼくらは笑いをとめることができず、落ち着きかけたとたんに目を見合わせてまた笑いだすから、とうとう目をおおってどうにかまじめな態度に戻した。司祭はあっけにとられて、変なものを見るような目でぼくらを見た。きっとこんな葬儀をこれまでに見たことがなかったのだろう。

ママを引き出しにしまうときになると、ボージャングルのレコードがかけられて、ぼくらは心をひどく揺さぶられた。この曲はママみたいで、悲しくもあり陽気でもある。ボージャングルは森に響いて墓地全体を満たし、ピアノの音色は空高くのぼりながら歌詞を空中で踊らせた。曲は長かった。すごく長い曲だからそのあいだに、ぼくにはママの幽霊が、遠くの森の中で、生きていたときみたいに手をたたきながら踊っているのが見えた。こういう人たちは決して完全に死んだりしないんだ、とぼくはにっこりしながら思った。帰る前に、パパが引き出しに白い大理石の板をはめた。そこにパパは言葉を彫ってもらっていた。〈これまでのすべてのきみへ、永遠の愛と真心を〉ぼくとしてはこれにつけ足すことはなにもない。だって、今回ばかりはパパの言葉は真実なのだから。

翌朝ぼくが目覚めたとき、パパはもう椅子にいなかったけれど、灰皿では香りつきのたばこの葉がまだくすぶっていて、もやみたいなパイプの煙が空中にちりかけていた。ぼくはバルコニーで、クズがぼんやりした目つきをしてとうとう火をつけた葉巻を持っているところを見つけた。クズによると、パパはママをさがすために旅立ったらしく、姿を見られないようにぼくが起きるちょっと前に森の奥へ入っていったのだそうだ。パパは戻ってこないとか、絶対に戻らないとか元老院議員は言ったけど、ぼくはとっくに知っていた。からっぽの椅子を見たときからわかっていた。どうしてパパが幸せそうで、精神を集中しているようだったのか、これで合点がいった。パパはママに追いつくための長い旅に出る準備をしていたのだ。ぼくはあんまりパパのことをうらむ気持ちになれない。あの狂乱はパパのものでもあって、パパとママ二人で支えていたからこそなりたっていたのだから。そしてぼくは、二人なしで生きることを学ばなきゃいけなくなった。これで、しょっちゅう考えていたある疑問に、いつか答えられるようになるはずだ。ほかの子供たちはぼくの両親なしでどうやって暮らしているのだろう?

パパは書斎に手帳をすべて置いていった。その中には、ぼくらの暮らしがなにもかもまるで小説みたいに書いてあった。それはほんとにすごい力作で、あらゆる瞬間が書かれていた。いいことも悪いことも、ダンスも、うそも、笑いも涙も旅も税金も、クズも、マドモアゼルも、プロイセンの騎士も、気泡とスヴェンも、誘拐と逃亡も、パパはなにひとつ書きもらしていなかった。ママの服装、激しいダンス、アルコールへの情熱、興奮具合、美しい笑み、ふっくらしたほっぺた、喜びにあふれた目のふちでぱたぱた動く長いまつ毛のことも書いてあった。パパの手帳を読みながら、ぼくはもう一度すべてを体験している気がした。

ぼくはパパの物語を『ボージャングルを待ちながら』と名付けた。なぜって、ぼくらは彼をずっと待っていたから。それからぼくは原稿をある出版社に送った。もらった返事には、風変わりで、よく書けていますとか、つかみどころのない支離滅裂な話ですが、だからこそ出版させてくださいとか書いてあった。そういうわけでぼくのパパの本は表向きだったり裏向きだったりするうそをのせて、全世界のあらゆる書店にずらりと並べられた。人々はボージャングルを浜辺で、ベッドで、職場で、地下鉄で読み、軽く口笛を吹きながらページをめくり、ナイトテーブルに本を置き、ぼくらと一緒に踊り、笑い、ママと一緒に涙を流し、パパやぼくと一緒にうそをついた。まるでぼくの両親がずっと生きているかのように。それはほんとにとんでもないことだけれど、人生っていうのはたいていそんなものだし、だからこそ素晴らしいのだ。

# 11

「この礼拝堂を見て、ジョルジュ。私たちのために祈ってくれてる人でいっぱいよ！」と彼女は無人の建物の中で感嘆の声をあげた。

それから彼女は中央通路で跳ね回りながら襟首のところでショールを結び、ウエディングドレスの裾のように後ろに長く引きずった。奥では、大きくて色彩豊かなステンドグラスが朝日に貫かれて神秘的な光を放ち、その光の中央で塵《ちり》がくるくる回ってこの世のものならぬワルツを踊り、祭壇のちょうど上に浮かぶ渦巻きになっていた。

「私は全能の神の御前で誓います。私のすべての人格があなたを永遠に愛することを！」と彼女は厳かな調子で言い、私のあごを両手で挟み、魔法にかかっている私の目に、淡緑色の眼差しでより深く催眠術をかけようとした。

「私は神の御前で誓います。すべてのあなたを愛し、大切にし、昼も夜も、一生涯そばにいて、あなたが行くところどこにでも付き従うことを」と私は言いながら彼女のふっくらとした頬に、こぼれんばかりの屈託のない笑みでふくらんだ頬に、自分の両手を押し当てた。

「すべての天使の御前で誓える？　どこまでも、本当にどこまでも私についてくるって」

「ああ、どこまでもついていく。本当にどこまでも！」

# 訳者あとがき

二〇一六年一月、当時三十五歳の無名の作家のデビュー作にフランス中が沸きたちました。フィニチュードという小さな出版社が出したこの本、『ボージャングルを待ちながら』は、アメリカの喜劇映画監督フランク・キャプラの楽観主義と、ボリス・ヴィアンの小説『うたかたの日々』の空想力が合わさった作品だと紹介されました。するとたちまち、この原書の表紙の写真とともに絶賛のレビューがブログやSNSにつぎつぎと投稿され、文庫版も合わせると現在までに五十万部を超える大ベストセラーになったのです。

評論家などのプロの本の目利きたちも各種メディアでこの作品をほめそやしました。フランスでもっとも聴かれているラジオ番組の司会者ジェローム・ガルサンは、この本の出版直後、ロプス誌（旧・ヌーヴェル・オプセルヴァトゥール誌）にこう書いています。

「オリヴィエ・ブルドーという名前を覚えておくといい。この奇抜で感動的な小説によって、彼のもとに多くの成功がもたらされることは間違いない」と。

こうして読者からも批評家筋からも賞賛され、この作品はいくつもの文学賞を受賞することになりました。フランスの二十の書店が選んだ百人の読者の投票によるＲＴＬ／Ｌｉｒｅグランプリ、三百人の学生によって選ばれるフランスカルチャー／テレラマ学生小説賞、フランス・テレビジョン小説賞、エマニュエル・ロブレ賞、ブルターニュ・アカデミー賞、ユーグ・ルベル賞などです。

作品のあらすじをほんの少しだけご紹介しましょう。これはある夫婦の破天荒な愛の物語です。息子である「ぼく」の視点からおもに書かれていて、少年の無邪気な眼差しの前で、夫婦は享楽的な、パーティーとアルコールとダンスに満ちためくるめく日々を送ります。そんな生活の中心にいたのは、いつも突発的でエキセントリックな行動をして夫や息子を楽しませる女で、彼女は日替わりの名前で夫から呼ばれ（本名が明かされることはありません）、息子を学校に行かせるよりもパーティーやスペインでのバカンスに連れていくことを優先し、そのことで息子の小学校の担任とやり合い、アフリカから傷ついたアネハヅルを拾って持ち帰ってきさえします。彼女を中心に、一家の生活はめまぐるしくターンするダンスのようにつづいていくかと思われましたが、ある日を境に、彼女は少しずつ精神のバランスを崩しはじめます。夫と息子は三人の愛ある暮らしがだめになっていくのを阻止しようと、危険な計画を実行します。

さて、非常に自伝的な印象の強い作品なので、作者自身の家族との思い出をもとにして書かれたのかと思いきや、実際の家族はいたって普通だそうです。むしろ、「家族の中で一番クレイジーだったのは僕でした」とのこと。

作者オリヴィエ・ブルドーは、一九八〇年にフランス西部の都市ナントでカトリックの中流家庭に生まれ、公証人の父親と専業主婦の母親のもと、五人兄弟の三番目として育ちました。学校ではずっと最低の成績だったそうです。その代わり、テレビを置いていない家で大量に本を読み、物思いにふける子供時代を送りました。中学修了認定試験で失敗してやむをえず職業高校へ行き、卒業後は十年間、不動産業界で働いたものの、これもあまりぱっとしないものだったようです。その後は執筆の傍らにできるような仕事を転々とするようになりました。

はじめの何年かは本書とは正反対の雰囲気の、非常に暗く、暴力に満ちた小説を書いては出版社に断られていたのが、リタイアしてスペインに引っ越していた両親のところに居候したとき、転機が訪れます。温暖な土地で、愛情あふれる両親のもとで暮らした七週間で、この本を書き上げたのです。母親が原稿をとても気に入ってくれたので、それをオリヴィエが出版社フィニチュードに送ってみたところ、四日後には編集者からの情熱的な電話がかかってきたそうです。

作中では両親はいつもニーナ・シモンの歌〈ミスター・ボージャングル〉をかけながら踊っていますが、この曲はもともと、アメリカのカントリー歌手ジェリー・ジェフ・ウォーカーが作り、一九六八年発表のアルバムに収録したものです。その後、ニッティー・グリッティー・ダート・バンドがカバーして大ヒット、一九七一年のビルボード・チャートで九位になりました。ニーナ・シモンはもちろんのこと、ボブ・ディラン、サミー・デイビス・ジュニア、ホイットニー・ヒューストンなど、そうそうたるアーティストがカバーしてきた名曲です。日本でも沢田研二、布施明などがカバーしています。日本ではBojanglesの最後のsを読まずにボージャングルと表記している場合が多いので、本書ではそれにならっています。

ところで、この曲について大事なことをひとつ。この曲はジェリー・ジェフ・ウォーカーが留置所で出会った無名の芸人との交流をもとにして作ったものです。

〈タップの神様〉ビル・″ボージャングル″・ロビンソン（ミスター・ボージャングルズというあだ名で全米に知られていました）のことではありません。念のために補足しておきます。

すでに読まれた方なら、この作品が映像として想像しやすい作風だと思われたのではないでしょうか。実際、映画化の引き合いが二十件近くも来て、どうやらすでに契約は完了したようです。舞台では、二〇一七年七月にアヴィニヨンのラ・ルナ劇場で上演され、好評を博しました。初演の日、上演後には俳優たちとともに作者オリヴィエ・ブルドーも舞台に立ち、スタンディングオベーションを受けました。母親役はアンヌ・シャリエ（映画『恋のベビーカー大作戦』や『パリ、カウントダウン』などに出演、ドラマ『マージョリー〜幸せになる権利』では主演）が、父親役はディディエ・ブライス（映画『プライスレス　素敵な恋の見つけ方』などに出演）が務めています。インターネットで検索していただければ、情熱的なダンスシーンや家族での逃避行の場面などの舞台写真が見られます。個人的には、黄色いドレスを着た母親が父親とダンスをしているシーンの写真が、小説のイメージそのままに感じられて印象的でした。

作者がいくつかのインタビューで語ったところによれば、少年時代、彼は作中の「ぼく」とおなじくディスレクシア（読字障害）のために学校での成績がかなり悪く、社会に出てからも一切評価してもらえず、本作が三十五年間の人生で初の成功だそうです。この作品で大成功をおさめたあともなお、「三十五年の停滞期の末に、僕の人生のピークが来た。これからまた長い転落人生が始まる」と、なんとも謙虚すぎる、自虐的ともとれる発言をし、インタビュアーから「もう負け犬的な発言はいいのでは？」と言われているのがほほえましいです。

そんな作者ながら、次回作はすでに書き上げたそうです。本書よりも「はるかにごつごつした」雰囲気の作品で、あらゆる点において正反対の男二人が出会ってから数日間の話です。出身も、目的も、すべてにおいて違う二人が塩田で出会い、ねたみ合い、いがみ合います。作者自身が、かつて四か月間、塩田で働いた経験をもとに書いたとのことです。本書でも一組の夫婦の独特な純愛の関係を書ききった作者のことですから、男二人のぶつかり合いも面白く書いてくれるでしょう。

本書の話に戻りますが、訳者である私がこの本を最初に読んだとき、本書がはらんでいる独特な「ずれ」に魅了されました。息子と父親という二人の語り手それぞれが語る話には少し食い違いがあります。まるで息子の現実と父親の現実、二つの現実の層、二つの世界があるかのようで、このずれが実に美しくて、切なく見えます。子供の時分、世界がいたってシンプルに見えて、それに比べて大人の言動がひどく支離滅裂に見えたことが思い出されて、ノスタルジックな気持ちにもなりました。この父子間のずれを象徴するのが、「ぼく」が大人の言葉を字面通りに受け取って、勘違いしてしまうところです。ユーモアとともにほろ苦さを感じさせる言葉遊びのようになっています。わかりにくいものについては、訳注でお目汚しをしたことをご容赦ください。

この訳書の日本での刊行を記念して、二〇一七年十月末から十一月初めにかけて作者オリヴィエ・ブルドーが来日します。東京、京都、愛知、福岡の大学やフランス語教育機関でイベントがあり、作家の小野正嗣さん、川上未映子さんなどとの対談が予定されています。

日本での出版と来日を前にして、作者からのメッセージが届きました。

「日本の皆さんへ。
　この奇妙な家族の物語を、大きな喜びとともに、つつしんで皆さんにお届けします。ニーナ・シモンの〈ミスター・ボージャングル〉のリズムに合わせてページがくるくるとターンする世界で、三人の愛、奇抜さ、ユーモアが、皆さんを、時間を超越したダンスへといざなってくれますように。
〈日出づる国〉の読者がまもなく、日の出より前に眠らない、宵っ張りのこのおかしな家族を見いだしてくれるかと思うと、僕はうれしくなります。どうぞ読書のひとときを堪能してください。日本で皆さんにお会いできる機会を楽しみにしています」

　最後になりましたが、集英社クリエイティブの村岡郁子さんには言葉では言い尽くせないほどお世話になりました。辛抱強く、温かく見守っていただき、本当に心強かったです。また、本書を手に取るきっかけをくださった翻訳家・小川隆氏にも心から感謝したいと思います。

金子ゆき子

二〇一七年八月

**オリヴィエ・ブルドー**　Olivier Bourdeaut

1980年フランス・ナント生まれ。大量の本を読んで青春時代をすごす。10年間、不動産関係の仕事についていたが失業。様々な職を転々としながら2年かけて「暗い小説」を書くも、どの出版社からも良い返事はもらえず、その後、スペインにいる両親の家に間借りして7週間で書き上げた「明るい小説」が本作。発売されるや、たちまちネットなどで話題となり、文庫版も含め50万部を超える大ヒットとなった。世界29カ国で翻訳され、本国で舞台化、映画化、漫画化（BD）が決まっている。

**金子ゆき子**（かねこ・ゆきこ）

1972年福井県生まれ。横浜国立大学経済学部卒。英仏文学翻訳家。訳書に、ケヴィン・ブロックマイヤー『終わりの街の終わり』（ランダムハウス講談社）・『第七階層からの眺め』（武田ランダムハウスジャパン）、セルジュ・ブリュソロ〈ペギー・スー〉シリーズ（角川書店）、ケリー・リンク『スペシャリストの帽子』（共訳／早川書房）などがある。

装画／網中いづる

装丁／名久井直子

ボージャングルを待《ま》ちながら
2017年9月30日　第1刷発行

著者　オリヴィエ・ブルドー
訳者　金子《かねこ》ゆき子《こ》
編集　株式会社　集英社クリエイティブ
〒101-0051　東京都千代田区神田神保町2-23-1
電話　03-3239-3811
発行者　村田登志江
発行所　株式会社　集英社
〒101-8050　東京都千代田区一ツ橋2-5-10
電話　03-3230-6100（編集部）
03-3230-6080（読者係）
03-3230-6393（販売部）書店専用
印刷所　大日本印刷株式会社
製本所　株式会社ブックアート


ISBN978-4-08-773490-4　C0097